I0642868

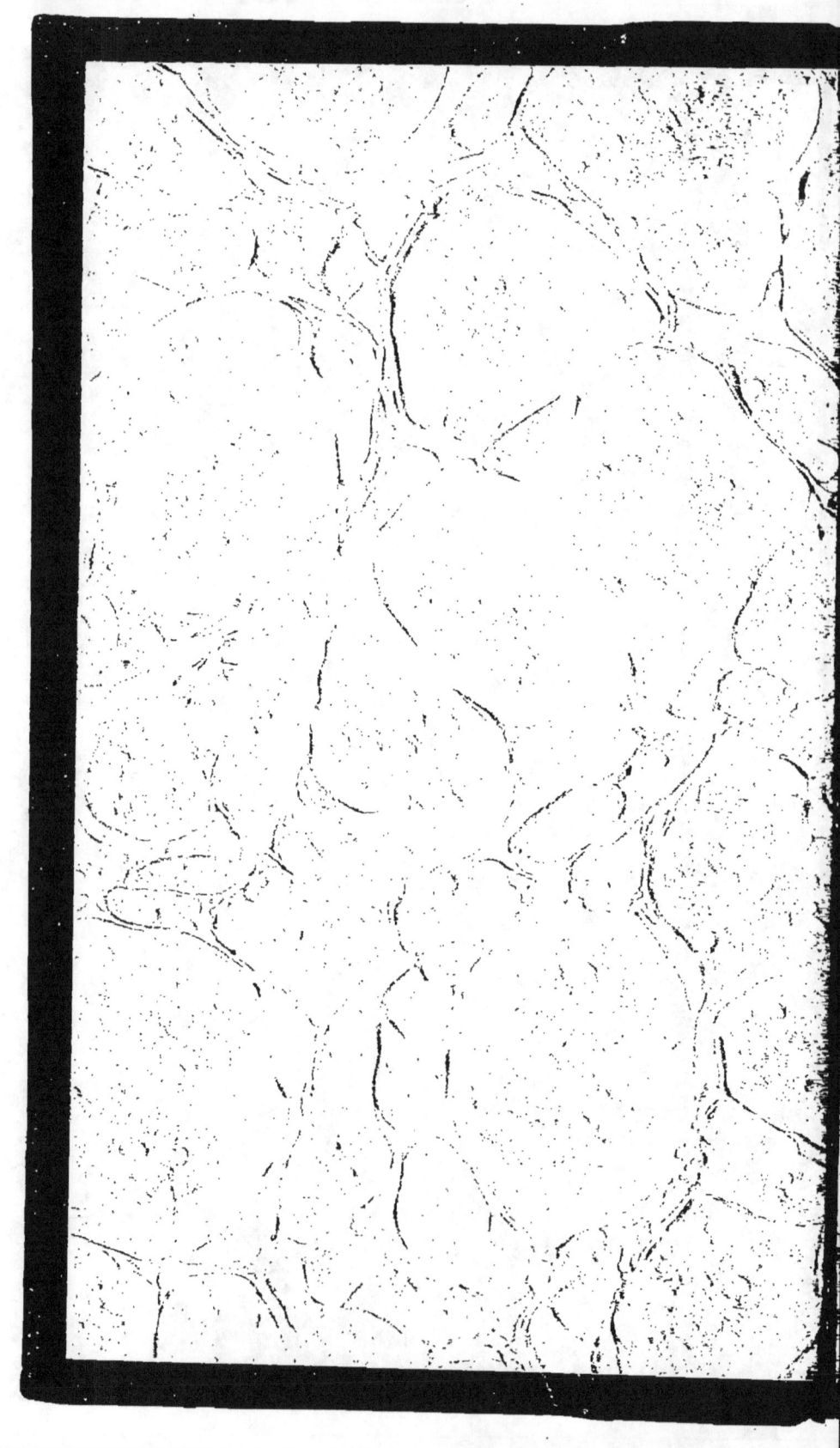

ROBERT 1979

29948

OEUVRES

POSTHUMES

DU CHEVALIER

DE BOUFFLERS.

DE L'IMPRIMERIE DE P. DIDOT L'AINÉ,

IMPRIMEUR DU ROI.

OEUVRES

POSTHUMES

DU CHEVALIER

DE BOUFFLERS.

A PARIS,

CHEZ LOUIS, LIBRAIRE,

RUE DE SAVOIE, N° 6.

1816.

NOTICE

SUR LE CHEVALIER

DE BOUFFLERS.

Presque seul il était resté
D'un siècle plein de politesse.
VOLTAIRE.

M. DE BOUFFLERS, né à Nancy vers le
milieu du siècle dernier, fut d'abord
destiné à l'état ecclésiastique. Mme la
comtesse de Boufflers, sa mère, faisait
à Lunéville les honneurs de la cour
du bon roi Stanislas, qui rassemblait
alors autour de lui, ou, pour mieux
dire, en famille, Voltaire, Saint-Lambert, le comte de Tressan, et Mmes du
Châtelet, de Lénoncourt, etc.

L'abbé Porquet, précepteur du jeune

de Boufflers, n'était nullement déplacé dans cette société brillante, où se conservait la tradition du goût, de la grace, et du bon ton. Cet abbé faisait lui-même de petits vers avec beaucoup de soin, et même de scrupule : un quatrain lui coûtait trois mois de travail. La comtesse de Boufflers l'avait fait nommer aumônier du roi Stanislas. La première fois qu'il entra en fonction, il ne savait pas son *Benedicite*. Le roi se fâcha, et la comtesse eut bien de la peine à obtenir sa grace.

J. J. Rousseau, dans ses *Confessions*, juge l'abbé de Boufflers avec un peu d'humeur. « Il a, dit-il, beaucoup de demi-talents en tout genre, et c'est tout ce qu'il faut dans le grand monde où il veut briller. Il fait très bien de petits vers, écrit très bien de petites lettres, va jouaillant un peu du cistre, et barbouillant un peu de peinture au pastel. »

Il est certain que le jeune de Boufflers aurait dû profiter davantage à l'école de Voltaire et de Saint-Lambert. Né avec beaucoup d'esprit, il eût pu réussir à tout; mais il ne s'est pas donné le temps nécessaire pour mûrir un talent qui pouvait devenir aussi solide que brillant. En quittant le petit collet pour l'uniforme, il se livra entièrement au goût de la dissipation avec des militaires de son âge. Il eut la passion des femmes et celle des chevaux, et devint le plus errant des chevaliers. C'est à lui que M. de Tressan dit un jour, en le rencontrant sur une grande route :

*Chevalier, je suis ravi de vous trouver
chez vous.*

Après les pièces fugitives de Voltaire,
qui sont hors de toute comparaison, il
n'y a peut-être pas dans notre langue
une plus jolie épître que celle qui fut
alors adressée au chevalier par M. de
Bonnard ; et M. de Boufflers convint lui-
même qu'il était battu par son panégy-
riste.

Le chevalier a composé peu de poésies
d'une certaine étendue. Si l'on excepte le
Cœur, une épître à Voltaire, et deux ou
trois autres pièces, il n'a guère fait ou
improvisé que des bagatelles poétiques.
Chamfort les comparait ingénieusement
à des meringues.

Dans la fugitive, nul ne possède mieux

que Boufflers la vivacité du tour, et sur-
tout la finesse du trait, quand il joue sur
la pensée et non sur le mot. En général
il se sert de l'équivoque, artifice grossier
et frivole, dont un homme de tant d'*esprit en argent comptant* (1) devait sur-
tout se passer. Mais, accoutumé dans la
conversation, à lancer des saillies, et à
faire effet, pour ainsi dire, à chaque
mot, il confond trop souvent le style
écrit, où le bon goût défend beaucoup
de choses, avec le style parlé, où le bon
ton les tolère toutes. Pour l'approuver
alors, il faut croire qu'on l'entend, et
non pas qu'on le lit.

Avec tous ses défauts, il n'en est que

(1) Mot de Duclos.

plus séduisant. C'est une coquette dont une seule agacerie enchaîne dix amants, en dépit de vingt prudes ses rivales.

M. de Boufflers nous a laissé quelques traductions des poëtes anciens, tant en vers qu'en prose. Son goût est alors plus sévère. Il n'a besoin ni de frein, ni d'aiguillon ; il ne lui faut qu'un guide.

Le conte d'Aline est son diamant. Mais il est loin encore de *Fleur d'épine* pour l'invention, l'intérêt, et la facilité d'un style *qui est entraînant à force d'être coulant* (1).

Les Lettres sur la Suisse, adressées à

(1) Mot de Boufflers sur Hamilton.

sa mère, respirent une gaieté originale.
Parmi une foule de saillies, on remarque
la suivante : « Où est l'abbé Porquet?
que je le place, lui et sa perruque, sur
le sommet chauve des Alpes, et que sa
calotte devienne pour la première fois le
point le plus élevé de la terre. »

On peut regarder comme une distinc-
tion honorable l'admission que l'on accorda dans l'*Encyclopédie*, à quelques
articles du chevalier de Boufflers. Ces
articles, bien pensés et bien écrits, sont
très courts, ce qui n'en est pas le moindre mérite.

Il a su renfermer dans un cadre heureux le Dialogue d'Épicure et de Léontium. On voit une courtisane grecque
raisonner mieux sur la divinité et la

nature qu'un philosophe de profession.
Épicure est persuadé, mais il n'est pas
convaincu. Pendant l'entretien, la foudre tombe à leurs pieds, et le philosophe
est forcé de reconnaître que le ciel parle
plus haut que l'impie.

Le morceau intitulé *Ut pictura poesis*
est une preuve que M. de Boufflers avait
un sentiment vif des beaux arts, et qu'il
avait discerné la limite précise qui se
trouve entre la poésie et la peinture. Le
bel ouvrage de Lessing sur le *Laocoon*
n'est que le développement de cette idée.

Les discours de réception prononcés
aux académies de Nancy et de Dijon se
distinguent parmi les autres ouvrages de
l'auteur. Les journaux du temps firent
l'éloge du premier de ces discours ; et

on les imprime ici tous deux pour la première fois.

M. de Boufflers, membre de l'assemblée constituante, s'y distingua par ses principes modérés. Proscrit avec la noblesse, il trouva le moyen, comme il le dit lui-même, d'*échapper à la mort et à la France.*

Un asile lui était ouvert à la cour de Rheinsberg. Le prince Henri de Prusse lui écrivit : *Venez dans mes bras.* Il aurait pu lui répondre, comme La Fontaine : *J'y allais.*

Les *Considérations sur la Gloire,* qu'on trouve dans ce volume, sont d'un philosophe qui veut paraître trop désintéressé sur cette matière. Il ne devait pas con-

fondre l'amour de la gloire avec l'ambition. Tacite convenait que c'était la
dernière passion du sage; et, si l'on en
croit Voltaire :

Le sage en vain nous dit qu'il la méprise :
Le sage ment, et dit une sottise.

Un des morceaux les plus intéressants
de ce recueil posthume est sans contredit le portrait de la mère de l'auteur, tracé par lui-même. Il n'en faut
détacher aucuns traits, crainte de les
affaiblir.

En 1800, la paix ramena le marquis
de Boufflers sur le sol de la patrie.

Il publia quelques ouvrages sur la lit-
térature et la philosophie, qui lui atti-
rèrent des critiques peu mesurées de

quelques *Quintiliens à la journée*. Il ne songea pas même à se venger, quand il devint aussi journaliste. Au contraire, sa bonhomie redoublait à mesure qu'on la mettait à l'épreuve. Son esprit avait encore toute sa vivacité; mais, comme je l'ai déja dit, il confondait le style parlé avec le style écrit : il ne savait pas toujours *tenir une moyenne proportionnelle entre une aimable conversation et une composition élégante* : ce qui caractérise le style d'Hamilton, au jugement de M. de Boufflers.

Après une maladie longue et douloureuse, M. de Boufflers mourut dans le mois de janvier 1815, laissant en deuil sa famille et ses amis. Il a été inhumé, comme il l'avait demandé, auprès du poëte Delille, son ami particulier.

Un seul trait fera connaître la bonté de son caractère.

Il avait, dans une terre, une servante que tout le monde lui dénonçait comme voleuse. Il la gardait toujours; et, quand on lui demandait pourquoi ? — *Qui la prendrait?* Telle était sa réponse.

DISCOURS

DE BOUFFLERS,

prononcé dans l'Académie Royale des Sciences
et Belles-Lettres de Nanci,

EN PRÉSENCE

DE S. M. LE ROI DE POLOGNE,

DUC DE LORRAINE ET DE BAR,

Le vendredi 20 octobre 1758, à sa réception.

SIRE,

Des peuples comblés de bienfaits,
le bonheur, la paix, et les arts répan-
dus sur la surface de vos états, cette
magnificence qui embellit tout le bien
que vous faites, ces témoignages im-

1

mortels de votre vénération pour l'Être suprême, et de votre tendresse pour un roi qui en est digne, ces monuments élevés de toutes parts pour le soulagement de vos sujets, l'ornement de ma patrie, la leçon de tous les princes, l'admiration de tous les âges : cette gloire enfin qui environne toutes vos actions; quel orateur, quel poëte, entreprendra de la peindre?

Vous lui devez vos efforts, hommes illustres, que son amour pour les arts a rassemblés.

C'est à vous à présenter à l'univers le beau spectacle d'un règne qui fait tant d'heureux ; vous direz à tous les rois ce que vous voyez dans le vôtre; vous proposerez ses grands exemples à leur imitation, et vous contribuerez peut-être au bonheur futur de toute la terre. Pour moi, admis parmi vous dès

ma première jeunesse, plutôt en qualité de votre élève qu'en qualité de
votre confrère, je serai témoin de l'enthousiasme qu'un aussi vaste sujet al-
lumera dans vos esprits; j'admirerai
encore la manière dont vous peindrez
ce que j'admire; et, enflammé du desir de marcher un jour sur vos traces,
je puiserai dans vos ouvrages les principes de cette sublime éloquence dont
je n'ai encore qu'une idée imparfaite,
et sur laquelle je vais exposer à votre
jugement quelques courtes réflexions.

L'éloquence est en général la faculté
de bien parler; on a limité l'étendue
de ce terme, et on n'a donné le nom
d'éloquent qu'aux gens qui ont parlé
de grandes choses, de manière à produire de grands effets. On ne prononce guère le mot d'éloquence qu'aussitôt l'esprit ne se représente une mul-

titude écoutant un seul homme, in-
téressée par le sujet qu'il traite, et
entraînée, ou au moins émue par les
choses qu'il dit. Voilà, à proprement
parler, l'idée qui est restée aux hommes de la vraie éloquence, depuis que
Démosthènes et Cicéron ont parlé, et
qu'Athènes et Rome leur ont obéi. Depuis ce temps il semble que la fierté,
la grandeur, et la hardiesse, soient
devenues les attributs de l'éloquence.
Le gouvernement républicain la favo-
rise beaucoup plus qu'aucun autre,
parceque ce gouvernement est le seul
qui permette toujours à un homme de
parler, et à une multitude d'entendre.
Pour qu'un homme soit éloquent, il
faut qu'au moment où il prend la parole il paraisse se revêtir d'un caractère d'autorité qui en impose à toute
l'assemblée; il faut que, lorsqu'il par-

le, il devienne le roi des gens à qui il parle : et voilà pourquoi la gloire de Cicéron était si grande à Rome, c'est que chaque harangue était pour lui, pour ainsi dire, deux heures de dictature.

Qu'il est grand à un homme de devenir, par la parole, le maître d'une foule d'hommes libres, de renfermer dans son génie le germe des paix et des guerres, et de porter, par le son de sa voix, la fureur ou la pitié dans le cœur de toute une nation ! C'était la gloire des orateurs à Athènes et à Rome ; la puissance de Philippe ébranlée, les crimes de Catilina punis, les succès d'Octave retardés ; voilà les effets de l'éloquence : c'est lorsqu'on peut espérer d'en produire de pareils que l'ame d'un orateur s'ouvre aux grandes idées, et qu'on voit sortir de

1.

sa bouche ces mots puissants qui ébranlent les esprits, comme les coups redoublés du belier ébranlaient autrefois les murailles des villes.

Ce n'est que dans les républiques que le besoin d'hommes éloquents se fait sentir; ils y sont comme l'ame de la multitude. Lorsqu'il est nécessaire qu'elle pense, c'est eux qui la font penser; et le peuple quelquefois, las d'une liberté qui le tient indécis et divisé, se soumet d'autant plus volontiers à un orateur, que c'est un maître qui ne règne qu'un instant, et à qui il croit ne rendre qu'une obéissance volontaire.

La religion a de tout temps offert à l'éloquence un champ plus vaste encore que la politique. Rien ne présente à l'humanité des objets plus intéressants, rien n'offre de plus grandes images, rien ne fournit des traits plus forts et plus lumineux : c'est la grandeur de l'Être suprême, ce sont les arrêts qu'il a prononcés avant les temps et pour toute l'éternité, c'est sa justice terrible, sa clémence infinie, dont on parle à l'univers ; ce sont des idées plus vastes que l'esprit humain qu'on présente aux hommes ; c'est un bonheur ou un malheur sans bornes qu'on leur annonce, c'est de la part de Dieu même qui est dans la bouche de l'orateur. A la voix de Jonas, Ninive tremble, fond en larmes, prend le cilice, se couvre de cendres, et fait pénitence. Le premier des apôtres se fait entendre à Jérusalem, aussitôt le voile de l'erreur se déchire aux yeux de plusieurs milliers d'hommes assemblés. Quelle beauté, quelle grandeur dans Moïse et dans tous les prophètes ! il y a quel-

que chose de simple et d'étonnant
dans tous les tours dont ils se servent;
chacune de leurs expressions paraît
revêtue de majesté, et présente à l'esprit une image nouvelle; les grandes
idées volent avec rapidité de leur ame
dans la nôtre; il semble quelquefois
qu'ils aient écrit en catactères de feu,
et que leurs pinceaux n'aient pas toujours été dans des mains humaines.
C'est dans les monuments précieux
que nous ont laissés ces hommes di-
vins, que nous devons puiser non seu_
lement la sublime piété, mais aussi la
sublime éloquence. Consultons leurs
écrits, consultons ceux des grands orateurs de l'antiquité, nous apprendrons
que, pour être éloquent, il faut parler
de grandes choses, et dire des choses
simples; parler de grandes choses, afin
qu'une multitude puisse écouter; dire

des choses simples, afin qu'elle puisse comprendre; faire des raisonnements, mais en faire que l'esprit le plus borné puisse saisir, et que l'esprit le plus étendu ne puisse combattre; parler sur-tout par images, parceque les images sont à la portée de tout le monde: il suffit d'apercevoir une image, il faut juger une pensée. Loin d'un orateur ces tours étudiés, ces expressions fines, ces phrases ingénieuses, en un mot, tout ce qu'on appelle esprit, tout ce qui coûte de la pénétration et du travail à entendre comme à produire. Il n'y a que les grands traits qui frappent la multitude, la délicatesse n'en est point aperçue. Souvent l'éloquence exclut tout ce qui n'est que de pur agrément. L'objet de plaire suffit à un poëte, mais il ne suffit pas à un orateur; il ne faut pas seulement qu'un orateur ait intérêt à parler, il faut aussi qu'on ait intérêt à l'entendre. Il ne doit parler que dans la vue de produire un grand effet; le motif de plaire ne lui suffit donc pas. Peut-être même ce motif est-il absolument contraire à la nature de la vraie éloquence; peut-être est-il nécessaire, pour être vraiment éloquent, d'aller à son but de la manière la plus sûre et la plus directe, sans s'embarrasser si le chemin que l'on prendra pour y parvenir sera plus agréable pour ceux qui seront obligés de suivre.

Un autre écueil que l'orateur doit éviter avec la même attention, c'est trop de méthode. On a énervé l'éloquence en en faisant un art. L'homme qui doit, par la force de son génie, commander aux autres hommes, s'asservira-t-il aux préceptes des rhéteurs?

Sont-ce des principes incertains, des règles inventées par des esprits froids, qui feront passer en lui cette ame et cette vie qu'il doit répandre dans tout son discours, et transmettre, pour ainsi dire, à chacun des mots qu'il prononce.

En vain ces règles seraient-elles des recueils d'observations intéressantes faites sur les plus grands modèles, elles ne feront jamais un homme éloquent, puisqu'elles n'apprennent qu'à imiter : l'éloquence ne peut être que le langage du génie, et le génie ne souffre aucun joug. L'imitation, cette ressource et ce guide des esprits médiocres, est un supplice pour lui : il ne sait que créer, et c'est une science qui n'a point de règles ; en un mot, l'art ne rend qu'élégant, et la vraie éloquence est un don de la nature.

C'est à la nature à former l'orateur comme le pöete : tous deux doivent peindre ce qu'ils pensent ; tous deux doivent parler aux yeux en parlant à l'esprit ; tous deux doivent s'enflammer et enflammer les autres ; tous deux doivent jeter sur le sujet qu'ils traitent, un caractère de noblesse et de beauté qui frappe tous les yeux, et qui le rende intéressant pour tous les hommes de tous les siècles, de toutes les nations. Mais cet intérêt, qui peut le répandre, si ce n'est le génie ? C'est le génie qui doit être, pour ainsi dire, l'ame de l'orateur ; c'est le génie qui doit lui fournir, lorsqu'il parle, tous ces traits de feu qui deviennent des traits de lumière pour les gens qui l'écoutent ; c'est le génie qui doit l'inspirer, l'enflammer, l'agiter, pour ainsi dire, l'entraîner comme malgré lui à la tribune aux harangues, et pénétrer son ame de ce courage et de cette force qui fait braver tous les périls attachés à parler librement. Ce transport, auquel il faut que l'homme éloquent cède avec tant de violence, c'est l'enthousiasme, ce ravissement qui naît de la contemplation des idées sublimes, ce feu dont l'effet est d'embraser l'esprit en éclairant les objets qu'il aperçoit : image vive de celui que le Tout-Puissant avait, sans doute, allumé de sa main au-dedans de ses apôtres et de ses prophètes. C'est cet état si délicieux, au rapport des gens de génie, dans lequel l'ame semble être libre des liens du corps, et où tous les sens paraissent avoir cédé tous leurs droits à l'imagination. Alors l'univers disparaît ; on est transporté au milieu de ce que l'on pense, et on se

trouve environné d'idées qui deviennent toutes comme visibles et animées : semblable à ces feux qui, après
avoir mugi long-temps sous terre, s'élancent du haut des montagnes, consument les villes et les forêts, dessèchent les régions voisines, et roulent
en fleuves bouillants dans des étendues arides et immenses. L'enthousiasme, muet pendant quelque temps,
éclate enfin ; aussitôt les lèvres de l'orateur ouvrent un passage à des paroles énergiques, dont la succession
est rapide et harmonieuse. Alors tous
les sens des auditeurs sont enchaînés,
tous les obstacles à la persuasion sont
brisés, tous les objets de distraction
s'évanouissent, et le sentiment qui
domine celui qui parle prend le même empire sur ceux qui écoutent.

Sans cet enthousiasme, dont j'ai

peut-être outré la peinture, point de
véritable éloquence; ce n'est que dans
ce beau désordre de l'ame qu'on dit
des choses sublimes, comme ce n'était
que dans la fureur que les prêtresses
rendaient des oracles. L'enthousiasme
semble répandre quelque chose de
divin sur l'homme qu'il inspire, qui
force les autres hommes à respecter et
à obéir. En vain ferait-on luire aux
yeux de la multitude les froides clartés
de la raison, elles ne feront impression qu'au petit nombre de gens sensés et dociles qui n'ont besoin que de
voir pour agir; mais cette foule in-
nombrable de gens indifférents, qui
attendent une impulsion pour se mou-
voir, approuvera et restera dans l'inac-
tion; et cette foule, encore plus grande,
de gens qui ne peuvent ni agir ni voir,
ne saura ni obéir ni approuver.

Parlez, au contraire, aux hommes
comme l'enthousiasme a parlé au-dedans de vous, et vous deviendrez, pour
eux, ce que l'enthousiasme était pour
vous. Ces esprits assoupis dans leur
oisiveté seront réveillés par une voix
intérieure qu'ils entendront en même
temps que la vôtre : ces hommes mêmes, aux yeux de qui le jour de la raison n'aura pas lui, ne seront plus in-
sensibles ; vous parviendrez à leur cœur
en vous frayant une route au travers
de leur stupidité, vous créerez en eux
des organes par lesquels vous leur
transmettrez vos mouvements et votre
feu, et ils seront étonnés de sentir avec
l'ame que vous leur aurez donnée.

Mais ces effets si rapides et si puissants, la parole toute seule ne les produit pas ; ce n'est point par elle seule
que l'orateur triomphe, il faut encore

qu'il y joigne le langage visible de l'action, par lequel l'ame semble se délivrer de ces grandes idées auxquelles elle ne suffit point : langage muet, mais intelligible pour tout l'univers, et dont l'effet est d'autant plus sûr que, pour frapper, il n'exige que des sens, et non pas de l'attention.

Dans l'enthousiasme on ne se borne point à parler : l'émotion de l'ame agit sur tous les organes, tous les traits se dérangent et prennent le caractère du sentiment qui domine, tout le corps en porte l'empreinte, tous les mouvements le peignent, tous les regards le transmettent ; l'enthousiasme parle non seulement aux gens qui écoutent, mais aussi à ceux qui regardent. Les yeux de ses auditeurs sont une porte de plus qu'il ouvre à ce qu'il veut faire entrer dans leur ame : par la parole, il

2.

ne rend que ses idées; par l'action, il peint l'impression qu'elles font sur lui; il montre qu'il sent ce qu'il veut inspirer, et il donne à ceux qui l'écoutent l'exemple de la persuasion.

O éloquence! reine des esprits, toi dont l'empire s'étend sur tout ce qui peut sentir et croire, quel bonheur pour l'univers, si tu n'avais jamais habité que des ames pures; si tu n'avais jamais répandu l'illusion, au lieu de la lumière; si l'impunité de mille coupables, mille factions cruelles, mille troubles sanglants, mille schismes impies, n'avaient été tes ouvrages; si tu ne prêtais pas quelquefois au fanatisme les apparences d'un enthousiasme divin; et si ton flambeau, entre les mains de l'erreur, n'était presque toujours pris pour celui de la vérité!

O vous qui devez être les dépositaires de ce précieux trésor, secondez les vues du monarque sous les auspices duquel vous êtes réunis! que l'usage qu'il fait de son pouvoir vous apprenne à user du pouvoir que l'éloquence vous donne sur les hommes.

Consacrez - la cette éloquence au bien de toute la société; servez-vous-en pour éclairer et non pas pour aveugler; qu'elle soit dans votre bouche le fléau du vice et de l'irréligion, le bouclier de l'innocence et l'organe de la vérité: puissent tous les gens éloquents apprendre, par votre exemple, à se rendre utiles au monde, et l'éloquence être placée un jour au rang des vertus!

MORCEAU

LU PAR BOUFFLERS,

A LA SUITE DE SON DISCOURS.

SAGESSE.

La sagesse est la science de bien vivre ; le sage est celui que la raison a
conduit à la vertu ; s'il n'avait eu que
de l'expérience, et s'il n'avait fait que
des réflexions, il n'aurait été que philosophe ; s'il s'était contenté de joindre
à cette philosophie une vigilance et
une attention continuelle, il aurait de
plus été prudent : mais il a employé
cette philosophie et cette prudence à
régler sa conduite et à embellir son

ame; les lumières de son esprit on
éclairé son cœur, et c'est pourquoi or
lui a donné le nom de sage. Tous le:
hommes lui ont rendu de justes hommages, et la plupart en ont pris une
idée fausse. Les poëtes l'ont peint dan:
la solitude, méprisant les autres hommes, fuyant leurs vices, que son exemple aurait pu corriger, et cherchan
loin de leur commerce des vertus qu'i
ne pouvait pratiquer qu'au milieu
d'eux. La société, au contraire, est l'é
lément du sage; il y vit avec un espri
juste, un cœur droit, et des passion:
douces; il ne voit dans les homme:
que ses semblables, et dans leurs défauts que l'imperfection de son être
il ne se permet ni le mépris, ni la haine; l'amour le trouble peu, l'ambition ne l'occupe point; il a des amis
et il aime le reste du genre humain

son ame ne se refuse point au plaisir,
et ne se roidit point contre le malheur; mais ni l'un ni l'autre ne font
sur lui de vives impressions. Il sait
qu'un des effets du préjugé est d'attacher des besoins aux choses qui ne
méritent pas même des desirs; il a calculé qu'on perdrait toujours à rendre
nécessaire ce qui, par soi-même, était
indifférent; il a secoué le joug des
événements, et veut être l'arbitre de
son sort. En effet, l'homme porte au-
dedans de lui-même le germe de son
bonheur, et il pourrait le développer
à son gré, s'il savait faire usage de ses
forces.

Il n'y a point de forme sous laquelle
le sage ne puisse paraître dans le monde. Souvent c'est un père occupé uniquement des soins domestiques : les
lois qu'il dicte dans l'intérieur de sa

maison serviraient de modèle pour le règlement d'un état; l'union de sa famille est un exemple pour toute la société. Il a passé sa gloire dans la vertu de ses enfants, et son bonheur consiste à jouir de la tendresse de ceux qu'il gouverne.

Quelquefois c'est un ministre éclairé, laborieux, et prudent; son objet est de concilier la gloire du prince, le bien de l'état, et l'intérêt des particuliers. Il a souvent des vues sublimes; il emploie toujours des moyens modérés: il sait que tout ce qu'il donnerait à ses intérêts serait ôté à son devoir, et que l'homme des autres ne doit point exister pour lui.

Si un général regarde la vie de ses soldats comme un dépôt auquel il ne doit toucher qu'à la dernière extrémité; s'il est ennemi de toute entreprise hasardeuse; s'il craint les victoires qui coûtent du sang, et qui ne valent que de l'honneur; en un mot, s'il soumet l'amour-propre à l'amour de la patrie: c'est un sage à la tête d'une armée.

Un roi qui voudrait le bonheur de son peuple, et qui saurait le faire; qui serait humain, sans énerver la vigueur des lois; qui ferait fleurir le commerce et les arts; pour qui aucun mérite ne serait indifférent; qui multiplierait les récompenses, sans augmenter les impôts; qui retrancherait de son luxe pour fournir à sa bienfaisance; qui ne voudrait point tirer son superflu du nécessaire de son peuple; qui regarderait un malheureux, dans son état, comme une tache à son règne: ce roi, dis-je, prouverait que le trône est aussi la place du sage.

3

REMERCIEMENT

DE BOUFFLERS

A L'ACADÉMIE DE DIJON,

Le 29 décembre 1766, à sa réception.

MESSIEURS,

Ma reconnaissance égale ma surprise ; elle seule peut-être servira d'excuse à la faveur que vous daignez m'accorder aujourd'hui. Le génie, les talents, les connaissances que rassemble votre illustre société, lui suffisent ; je n'ai qu'un tribut d'estime et d'éloges à vous offrir, et c'est plutôt un

admirateur qu'un confrère que vous
recevez dans votre sein.

Si quelque chose peut justifier votre choix, c'est qu'un moment passé
dans cette agréable ville m'a suffi pour
connaître le mérite de ses habitants.
Les agréments de votre société, le
charme de vos conversations, la douceur de vos mœurs, n'ont point échap-
pé à mes premières observations: mon
esprit a reconnu des maîtres, et mon
cœur a espéré des amis. L'honneur
que vous m'accordez, messieurs, touche encore plus, s'il est possible, ma
sensibilité que mon amour-propre; et,
s'il m'est glorieux d'être élevé jusqu'à
vous, il m'est encore plus doux de vous
être uni. Admis dans ce corps illustre,
j'y serai, sans doute, inutile; mais je n'y
serai point oisif: je n'ai que mon zèle,
je vous le consacre; mes faibles mains

oseront s'essayer à vos nobles travaux ;
simple guerrier dans une foule de héros, je combattrai, et vous vaincrez ;
l'éclat de votre gloire rejaillira jusque
sur moi, et mon front aussi sera ceint
des lauriers que vous aurez moisson-
nés. Peut-être pourtant, et j'aime à
m'en flatter, qu'aidé de vos conseils,
encouragé par vos exemples, mes efforts ne seront pas toujours inutiles ;
peut-être qu'en votre faveur les muses
daigneront sourire au nourrisson que
vous leur présentez ; peut-être que
vous me rendrez digne de vous.

Mais si ma raison arrête mon au-
dace, si je sens mes ailes trop faibles
pour suivre des aigles, je me conten-
terai de jouir du fruit de vos veilles,
au lieu de les partager ; je me prome-
nerai à votre suite dans la carrière
des lettres et des sciences, que vous

3.

aurez étendue et aplanie , et mes
regards étonnés suivront de loin vos
pas hardis.

Vains projets! douces illusions! où
m'entraîne la joie et le desir? Ce pays
n'est pas ma patrie ; je ne suis qu'un
étranger parmi vous ; le sort me condamne à de longues absences. Je re-
verrai trop rarement un séjour où
mes heures couleraient entre vous si
doucement et si utilement. Au moins,
il restera dans mon cœur un éternel
et tendre souvenir des bontés dont
vous m'honorez ; cette heureuse journée sera toujours présente à mon esprit; je me glorifierai toujours du titre
de votre confrère, et je trouverai quelque consolation en me persuadant que
mon nom, inscrit dans vos fastes, ne
s'effacera point de votre mémoire.

DIALOGUE

ÉPICURE ET LÉONTIUM.

ÉPICURE.

Vous cherchez la vérité, belle Léontium, et vous avez raison ; l'incertitude est la nuit de l'esprit, l'ignorance en est l'aveuglement. Vous avez foulé aux pieds cette loi barbare qui condamne les femmes à toutes les frivolités et à tous les préjugés. Vous vous êtes élevée à la philosophie avec le vol de l'aigle, et vous avez fixé vos yeux d'aigle sur sa lumière. Disciple, émule, maîtresse des plus grands philosophes, vous nous avez appris qu'une femme peut penser, et que des sages peuvent aimer.

LÉONTIUM.

Épicure, songeons à notre objet. Nous nous étions proposé un entretien sur la nature; nous devions rechercher ensemble si tout ce qui est a toujours été; s'il existe par lui-même, ou s'il est l'ouvrage d'un auteur, et soumis aux lois d'un maître. Seul, entre tous les philosophes, vous avez élevé cette question.

ÉPICURE.

Léontium, avant d'étudier la nature, admirons-la. Jouissons du superbe spectacle qui frappe ici nos sens. Dans ce jardin charmant, où mille fleurs odorantes croissent au pied de ces arbres touffus, aux bords de ces bassins de cristal, autour de ces chefs-d'œuvre de Phidias et de

Praxitèle, le ciel semble orné d'étoiles plus brillantes, la terre rafraîchie exhale de plus doux parfums; l'obscurité de la nuit ajoute quelque chose à la beauté de ces allées; l'odeur de ces parterres, le murmure de ces eaux, le bruit de ces feuilles agitées par le zéphyr, excitent en nous des sensations plus délicieuses. Tout a perdu son éclat, tout a conservé son prix, tout est devenu plus intéressant. La beauté de ma Léontium elle-même, presque effacée par les ténèbres, fait place à d'autres beautés: le son de sa voix est plus touchant; c'est avec plus de volupté que je baise sa main; le bras qu'elle me donne, je le serre contre mon sein avec une plus douce émotion. O ma Léontium! beaucoup de vos charmes ont disparu avec le jour; mais ce qui m'en reste me sem-

ble plus cher; et, si mes yeux sont
moins occupés, mon cœur l'est davantage.

LÉONTIUM.

Père de la philosophie, est-ce là de
la philosophie?

ÉPICURE.

Nous n'en sommes pas si loin que
vous croyez, belle Léontium; rien
n'est plus près de la philosophie que
l'enthousiasme avoué par la raison.
Malheureux qui ne s'élève à la vérité
que par la pensée, et point par le
sentiment! L'esprit marche, et le sentiment vole. Je viens d'appeler le ciel,
la terre, tout l'univers, vous-même, son
plus bel ornement, en témoignage.
Qu'est-ce que ce grand tout, dans lequel nous ne sommes rien? Quelle
main a peint ces fleurs? quelle main
a élevé ces arbres? quelle main a pétri

ce globe? quelle main a ébranlé pour
jamais la voûte immense des cieux par
des mouvements divers et réguliers?

LÉONTIUM.

A tous ces traits, sage Épicure,
pouvez - vous méconnaître l'Être suprême? C'est lui qui des abymes du
néant a tiré ces vastes corps dont il a
composé son majestueux ouvrage : il
a tracé les orbites des astres, les limites
des mers, les sinuosités des fleuves;
il a prescrit au soleil de fertiliser la
terre, et à la terre de nourrir ses habitants : il est l'auteur de tout; il voit
d'un même regard des millions de
mondes roulants avec ordre les uns
sur les autres, et l'insecte qui se cache
sous l'herbe, et le ciron qui disparaît
derrière l'atome; c'est notre maître et
notre père commun. Épicure, qui veut
le détruire est un parricide.

ÉPICURE.

Jeune et sublime Léontium, à votre tour, prenez garde à l'éloquence; elle a presque toujours mieux servi le préjugé que la raison. Cet Être dont vous parlez avec transport, définissons-le de sang froid; et, avant de chanter ses louanges, connaissons sa nature.

LÉONTIUM.

Eh bien, je le définis un Être immatériel, éternel, immuable, tout-puissant, et infini dans toutes ses perfections.

ÉPICURE.

Par où avez-vous l'idée d'un Être immatériel?

LÉONTIUM.

Par mon esprit, qui est immatériel aussi.

ÉPICURE.

De quoi est composé votre esprit?

LÉONTIUM.

Il ne l'est point de parties, comme les corps; mais c'est un simple assemblage d'idées.

ÉPICURE.

Qu'est-ce que des idées?

LÉONTIUM.

Ce sont des représentations d'objets.

ÉPICURE.

Qu'est-ce que des objets?

LÉONTIUM.

Tout ce qui peut être aperçu par les organes.

ÉPICURE.

Comment les objets peuvent-ils être aperçus par les organes?

LÉONTIUM.

Par les sensations qu'ils y portent.

ÉPICURE.

Quelle différence mettez-vous entre l'idée et la sensation?

4

LÉONTIUM.

C'est que la sensation est l'action des objets sur les organes, et l'idée, la réaction des organes sur l'esprit.

ÉPICURE.

Pourquoi les objets ne viennent-ils point directement à l'esprit?

LÉONTIUM.

C'est qu'il ne peut y avoir de commerce entre les corps et les esprits. Voilà un catéchisme qui m'ennuie.

ÉPICURE.

Il ne durera pas long-temps. Dites-moi seulement si vos organes sont matière ou esprit: s'ils sont esprit, comment y a-t-il commerce entre eux et les corps; s'ils sont matière, comment y a-t-il commerce entre eux et les esprits?

LÉONTIUM.

Vous m'ennuyiez tout-à-l'heure,

vous m'embarrassez à présent : j'avais
toujours bien dit, au Portique, qu'on
me trompait.

ÉPICURE.

Convenez donc que ce n'est point
par la nature de votre esprit, que vous
ne connaissez pas, que vous pouvez
connaître celle de l'Être dont nous
parlons.

LÉONTIUM.

Je serais tentée de me rendre sur ce
point-là ; mais il y en a d'autres sur
lesquels il faudra bien que vous-même
vous vous rendiez à votre tour.

ÉPICURE.

Il ne faut point comparer deux philosophes, dans la dispute, à deux gé-
néraux, qui, dans un combat, peuvent
être vaincus à une aile, et vainqueurs
à l'autre. Les soldats ne sont point liés
entre eux comme les vérités. Si j'ai eu

raison, je l'aurai encore, et, si vos
autres preuves sont bonnes, je n'aurai
avancé que des sophismes.... N'avez-
vous pas dit, belle Léontium, que cet
Être était nécessaire?

LÉONTIUM.

Oui, et j'espère le prouver mieux.
Tout ce que nous voyons parle pour
son auteur: rien ne peut s'être fait de
soi-même. Et comment imaginer que
tout soit l'ouvrage d'un autre que l'Ê-
tre nécessaire, tout-puissant, infini,
et éternel?

ÉPICURE.

Il est sûr que si l'univers est un ouvrage, il est l'ouvrage de Jupiter; mais,
si l'univers existe par lui-même, Jupiter est notre ouvrage.

LÉONTIUM.

Mais comment voulez-vous qu'une
chose existe sans avoir été faite?

ÉPICURE.

Mais comment voulez-vous qu'un auteur existe sans avoir été fait?

LÉONTIUM.

Si l'auteur du monde est nécessaire et éternel?

ÉPICURE.

Si le monde lui-même est un être éternel et nécessaire?

LÉONTIUM.

Les qualités de nécessaire et d'éternel ne peuvent convenir qu'à un Être infini, et nous voyons par nous-mêmes que la matière ne l'est point. Tout en elle a des bornes, tout a des parties : son mouvement est assujetti à la mesure des temps ; son étendue a des limites nécessaires dans l'espace, l'Être sublime les a marquées lui-même ; il a calculé les atomes dont il a formé les globes ; le nombre des gouttes d'eau

4.

qui remplissent les abymes des mers
lui est connu ; la durée la plus longue
n'est qu'une chaîne de moments comp-
tés. Nous essayons en vain de reculer
les bornes de notre imagination ; nous
ne concevons la matière que par morceaux, et la durée, que par instants.
Tout atteste son propre commencement, tout annonce sa fin. L'auteur
seul de tout n'a ni commencement ni
fin ; il est tout sans parties, une grandeur sans mesure, une existence sans
durée.

ÉPICURE.

Mais, Léontium, concevez-vous bien
clairement quelque chose qui n'ait ni
parties, ni mesure, ni durée ? N'est-ce
pas comme si vous disiez d'un édifice
qu'il n'a ni fondements, ni toit, ni
murailles ? Je n'ai rien à ajouter à ce
que vous dites de l'ouvrier ; voyons à

présent si vous avez raison sur l'ouvrage. Nous voyons, dites-vous, des
bornes à tout : il est vrai que nous
voyons tout d'une manière bornée ;
mais ne donnons-nous pas aussi nos
bornes aux choses, et ne ressemblons-
nous pas à l'ignorant qui prendrait
l'horizon pour le bout du monde ?
Nous ne concevons, dites-vous, la matière que par morceaux, et la durée,
que par instants : ne pourriez-vous
pas dire aussi que nous ne concevons
qu'un morceau de la matière et qu'un
instant de la durée ? Vous convenez
vous-même qu'au-delà de ce que voit
notre esprit il y a encore quelque
chose. Léontium, ne mesurons pas ce
que nous ne voyons pas. Qu'est-ce que
l'esprit humain au milieu de la nature
qu'il cherche à connaître ? un faible
flambeau au milieu d'une nuit pro-

fonde, qui lance à une petite distance
quelques atomes de feu ; mais au-delà
de sa courte atmosphère règnent de
vastes ténèbres, contre lesquelles il est
sans effet.

LÉONTIUM.

Mais il faut un commencement du
monde.

ÉPICURE.

Si Dieu n'en a pas, pourquoi le
monde en aurait-il ? Est-ce que Dieu
n'a pas toujours été également puissant ? Si cela est, il n'a pas toujours
été Dieu.

LÉONTIUM.

Il est vrai qu'on ne peut séparer la
toute-puissance de l'existence divine ;
ainsi Dieu a pu créer le monde de
toute éternité.

ÉPICURE.

Léontium, si le monde peut être

éternel, il ne peut être qu'incréé; la création est un commencement, l'éternité est un non commencement. Si le monde a pu être éternel, il a pu se passer d'un Dieu créateur; et, si un Dieu créateur n'est point nécessaire, il n'est point.

LÉONTIUM.

Mais à quoi donc s'en tenir?

ÉPICURE.

Léontium, au milieu des erreurs qui attendent notre esprit au-delà de ses bornes, il y a une vérité nécessaire; et cette vérité porte un caractère ineffaçable, celui de la convenance. L'erreur, au contraire, porte celui de l'absurdité. Quand deux propositions se contredisent, et que l'une est absurde, les preuves de l'autre sont inutiles à chercher. L'univers existe, éternel ou créé: je ne puis expliquer l'éternité;

mais je ne puis concevoir la création ; ma raison n'atteint pas à l'une ; mais elle répugne à l'autre. Il faut pourtant choisir, et dire : la vérité, peut être obscure ; mais elle ne peut être absurde.

LÉONTIUM.

Comment voulez-vous, Épicure, que je croye que ce monde soit l'effet du hasard, ou qu'il se soit fait lui-même ? Vous aviez fait là-dessus un roman ; mais il est tombé.

ÉPICURE.

Il est vrai que je voulus autrefois faire un monde à ma manière, par le concours fortuit des atomes : on en a ri, et j'ai fini par en rire aussi. Au lieu de créer un monde, je n'avais créé qu'un chaos ; j'ai mieux aimé depuis laisser les choses comme elles sont. L'histoire des siècles qui ont précédé le commencement du monde est obscure. Ce que je sais, c'est que ce qui est est possible, et que ce qui est possible l'est toujours. Aucun des instants qui ont précédé celui-ci, aucun de ceux qui le suivront, n'a vu et ne verra l'essence immuable des choses; et le présent est un argument qu'on peut répéter à l'infini pour le passé et pour le futur. A force d'étude, j'en suis revenu à l'indifférence de ces peuples sauvages qui, contents de jouir du bienfait de la vie, rentrent dans la poussière, sans s'être demandé quel âge a le monde. Ils savent que, puisqu'ils ont des ancêtres et de la postérité, leurs aïeux les plus reculés peuvent avoir eu des aïeux, et que leurs neveux les plus éloignés peuvent avoir des neveux. Qui ne voit que la surface voit souvent plus juste que celui qui veut approfondir. La nature, qui ne nous a pas faits pour tout creuser, a quelquefois écrit la vérité sur l'écorce des choses.

LÉONTIUM.

Mais, au moins, je veux croire qu'un Être supérieur préside au bel ordre établi dans l'univers. Cette voûte immense, tantôt inondée de la lumière du jour, tantôt parsemée des feux de la nuit; ces mondes nageant dans la matière éthérée, et reparaissant régulièrement au point où ils sont attendus; cet astre brillant qui, dans une course réglée et inégale, marque les saisons, les jours, et les heures; cette terre qui de sa substance nourrit tous les genres et toutes les espèces d'êtres animés qui la parcourent, où les fleurs, les moissons, les fruits, et les frimas,

se remplacent dans des temps pres-
crits; cette onde, tantôt rassemblée
dans d'immenses réservoirs où elle
donne la vie à un nouvel ordre d'ê-
tres, tantôt partagée en d'utiles ca-
naux qui portent la fécondité dans les
contrées qu'ils arrosent; cet air habité
par un peuple léger, agité, suivant nos
besoins, tantôt par le zéphyr et tantôt
par l'aquilon, aliment nécessaire de
tout ce qui vit et de tout ce, qui vé-
gète; ce feu, cette ame du monde, qui
brille dans les astres, qui roule dans
les eaux, qui vit sous la terre pour fé-
conder tous les germes et animer toutes les productions; en un mot, ce
concours harmonieux des parties les
plus contraires dans l'ensemble le plus
parfait, peut-il n'être point dirigé par
une intelligence sublime? O Épicure!

5

quand nous fermerions notre ame à la lumière, nos sens témoigneraient contre notre ame.

ÉPICURE.

La poésie séduit, mais ne conclut point. Vous vous étonnez que les choses soient comme elles sont; il faudrait vous étonner, au contraire, qu'elles fussent autrement. Ces quatre éléments dont vous admirez l'accord et le mélange, ont eu de tout temps les propriétés que vous dépeignez ; cet ordre admirable n'en est que la suite. Les propriétés essentielles des choses sont nécessaires, leurs relations naturelles , leurs combinaisons infinies, leurs divers résultats le sont aussi. L'univers est le produit de la gravité de la terre, de la légèreté de l'air, de la fluidité de l'eau, de l'activité du feu, et de quelques autres qualités primiti-

ves de la matière, inconnues à nos
sens trop grossiers, ou échappées à
nos recherches trop imparfaites. Un
mot, qui n'a pas encore été dit, suffira peut-être, un jour, pour développer le système de l'univers.

LÉONTIUM.

Défions-nous, ô Épicure, d'un sentiment qui combat celui de tous les
hommes et de tous les siècles. L'homme grossier semble élever, par un mouvement naturel, ses premiers regards
vers un auteur qu'il ignore; l'homme
instruit adore Dieu qu'il connaît. Toutes les nations révèrent le même Être
sous des formes différentes. L'image
de la Divinité est défigurée, mais empreinte dans toutes les ames.

ÉPICURE.

L'esprit humain a besoin d'idées :
les vérités sont les idées des sages ;

mais elles coûtent de la réflexion et
des recherches ; les erreurs sont à
meilleur marché, et ce sont les idées
des sots. Parcourez d'un coup d'œil
les différentes religions qui partagent
la surface du globe, vous ne verrez
qu'impostures et qu'absurdités. Voyez
tous ces Dieux dans lesquels vous re-
connaissez les traits de la Divinité :
c'est tantôt un légume, tantôt du feu,
tantôt un marbre. L'un plante son
Dieu, l'autre l'allume, l'autre le taille.
Ici, on nourrit des puces en l'honneur
de l'Être suprême ; là, on égorge des
hommes sur les autels : d'un côté, il
défend tous les plaisirs ; de l'autre, il
ordonne tous les crimes. Le genre humain, sur ce point-là, ne sait quelle
bêtise dire et quelle folie faire. Je ne
sais si l'idée de la Divinité est si naturelle à l'esprit humain ; mais je sais

que la faiblesse, l'ignorance, l'orgueil,
suffisaient pour l'engendrer. Les hommes sans force, sans lumière, dépen-
dant d'une cause inconnue dans leurs
actions les plus volontaires, enchaînés,
par des liens qu'ils ignorent, au sys-
tême général qu'ils ne conçoivent pas,
ont imaginé, pour leur consolation,
un auteur de tout, qui a tout créé
pour eux, à qui ils confient leurs besoins, qui suspend ou qui change, à
leur gré, l'ordre de la nature, et qui
leur donne sur le gouvernement du
monde l'influence qu'un souverain
pourrait donner à ses courtisans dans
les affaires d'état. Dans l'esprit des
dévots, le monde est un royaume,
l'Être suprême un monarque, et eux
les favoris. Telle est l'origine naturelle
d'une idée que la législation a mul-
tipliée sous toutes les formes, que

5.

l'éducation a perpétuée en tous lieux, que les crédules adoptent, parcequ'elle les console, et que les prêtres nourrissent, parcequ'elle les nourrit.

LÉONTIUM.

Faut-il, ô Épicure, nier que le modèle existe, parceque l'image est défigurée? C'est le sort des hommes de tout avilir et de tout corrompre. Dieu est grand, et l'homme qui le combat est petit; Dieu est saint, et l'homme qui le juge est profane. Ce n'est point l'homme, c'est Dieu qu'il faut entendre....

Ainsi parla Léontium; mais, ô prodige! à peine eut-elle fini, que l'éclair sillonna le ciel serein, et la foudre tomba sur l'arbre au pied duquel Épicure était assis. Saisi de frayeur et de respect, il reconnut une main

qui lance le tonnerre ; il s'humilia
devant elle, et dit :

« O Dieu, que tout adore, tu viens
« d'ouvrir les seuls regards fermés à
« ta lumière ; permets que mon être
« faible rende hommage à ton Être
« tout-puissant : je regrette à jamais
« les armes avec lesquelles j'osai te
« combattre ; je publierai à l'univers
« ta gloire et tes bienfaits ; et tous les
« siècles, instruits de mes erreurs et
« de la vérité, sauront que le ciel
« parle plus haut que l'impie. »

UT PICTURA POESIS ERIT.

Personne n'a parlé de ces deux arts sans parler en même temps de leurs rapports : ils ont tant de parties communes, qu'on pourrait presque dire qu'ils se renferment réciproquement, et que chacun d'eux est la perfection de l'autre. Les poëtes et les peintres seront toujours loin du sublime, tant qu'il n'y aura point de tableaux dans les poëmes, et de poésie dans les tableaux. La peinture est une imitation plus immédiate de la nature que la poésie : il suffit que la nature se montre aux yeux du peintre ; il faut qu'elle émeuve l'ame du poëte. Les premiers tableaux ont été de simples représen-

tations d'hommes, d'animaux, et de
paysages; et les premiers poëtes ont
chanté les héros, célébré les dieux,
et décrit l'Olympe. La vue a fait les
peintres, et la passion, les poëtes;
mais il faut que le peintre emprunte
le génie et l'enthousiasme du poëte
pour le choix et la composition de
ses sujets, sans quoi la peinture sera
froide et sans intérêt; et le poëte, de
son côté, doit puiser dans les mêmes
sources que le peintre les images qu'il
veut présenter; sans cela la poésie
n'enfanterait que des monstres.

Un seul exemple de la manière dont
un poëte et un peintre peuvent traiter
les mêmes sujets suffira pour faire
connaître ce que ces deux arts ont de
commun et de particulier. Je suppose
que la mort d'Adonis est le sujet
donné.

Le poëte peut parler d'abord de la force, de l'adresse, et des graces de ce malheureux jeune homme : il peut le peindre devançant les cerfs dans les forêts, perçant de ses dards les monstres les plus terribles, et disputant de beauté avec sa maîtresse même. Il fera voir après ce même Adonis, étendu au pied du rocher désert, son arc à ses côtés, et ses flèches dispersées : il peindra ses beaux cheveux qui autrefois tombaient en boucles argentées sur ses épaules d'ivoire ; il les peindra, dis-je, épars, couverts de poussière, et teints du sang noir qui coule avec bruit de sa plaie profonde : il peindra la pâleur de la mort succédant subitement à la fraîcheur de la jeunesse. Il rendra pour un moment à Adonis tous ses charmes, l'éclat de son teint, que le soleil et les frimas avaient respecté ; la beauté de ses yeux, où la couleur du ciel et la lumière des astres semblaient se répéter, et ses lèvres, dignes des baisers de la plus belle des déesses : pour peindre ensuite avec plus de force les horribles impressions de la mort sur son beau visage, il montrera Adonis tel qu'il a été et tel qu'il est ; et c'est ce contraste intéressant qui fera verser des pleurs et triompher son art.

Le peintre n'ira point, comme le poëte, chercher hors de son sujet une partie de l'intérêt qu'il veut y répandre. La peinture ne peut rendre qu'un moment : un tableau ne fait que fixer un des instants de l'événement qu'il représente. Ce n'est donc que du concours des différentes circonstances qui ont accompagné cet instant que peut naître l'intérêt du tableau ; aussi verraï-on dans celui que je vais décrire que ce n'est point la comparaison d'Adonis mort avec Adonis vivant qui doit toucher, mais la représentation fidèle de la mort d'Adonis.

Il est étendu, à l'entrée d'une forêt obscure, au pied d'un arbre vert, nouvellement déraciné par les vents; son corps est resté dans l'attitude où la mort l'a surpris : il a une main appuyée sur son arc, qu'il essayait de ramasser, et l'autre serre deux ou trois flèches brisées; une partie de ses cheveux est hérissée sur son front livide; les autres traînent dans la poussière, et paraissent détrempés et collés entre eux par le sang dans lequel son corps nage : ce beau sang a rougi ses vêtements déchirés; on le voit couler jusqu'au bord d'un torrent qui se précipite du haut du rocher voisin, et se mêler à son onde. Ses membres livides et couverts de fange plaisent encore aux yeux par leurs nobles proportions; ils conservent dans leurs contours un reste de mollesse et de grace qui montre qu'Adonis a été moissonné dans la fleur de la jeunesse; la beauté de ses traits paraît triompher encore des horreurs de la mort : cependant ses lèvres et ses joues ternies, ses yeux voilés, et des ombres noires répandues sur toutes les parties de son corps que le jour n'éclaire point, annoncent que, si le peintre eût représenté Adonis quelques moments plus tard, son tableau, au lieu d'exciter une compassion mêlée d'horreur, n'aurait produit que ce dernier sentiment.

On voit par là que le poëte peut dire ce qui ne peut pas se peindre, et le peintre, exprimer ce qui ne peut pas se dire. L'un peut décrire une succession d'instants, l'autre choisit parmi tous ces instants le plus propre à faire deviner les autres.

LETTRE DE SÉNÈQUE

SUR LE SUICIDE.

Vous me mandez que vous êtes in-
quiet du jugement que la faveur de
votre ennemi fera porter sur vous, et
vous vous attendez que je vais vous
conseiller de vous rassurer et de vous
livrer à une espérance consolante. Car
est-il besoin de hâter les maux, d'an-
ticiper sur ce qu'on doit toujours
souffrir trop tôt, et d'empoisonner le
présent des craintes de l'avenir? C'est
une folie, sans doute, d'être déja malheureux, parcequ'on doit l'être un
jour; mais je veux vous conduire à la
sécurité par une autre voie. Voulez-

vous être libre de toute inquiétude;
imaginez que tout ce que vous crai-
gnez arrivera; mesurez intérieurement
votre malheur, et proportionnez-y
votre crainte; vous verrez que ce qui
vous effraie sera ou bien léger, ou
bien court. Le siècle où nous vivons
vous fournira tous les exemples nécessaires. Quelque partie de notre histoire, soit civile, soit étrangère, que
vous vous rappeliez, vous y trouverez
de grandes ressources, de grands avantages, ou de grandes résolutions. Si
vous êtes condamné, peut-il rien vous
arriver de plus dur que l'exil ou la
prison? Peut-on craindre quelque
chose au-delà de la mort et du supplice du feu? Fixez-vous à ces objets-
là, et rappelez-vous tous ceux qui n'en
ont point été émus; vous aurez plutôt
à choisir qu'à chercher.

Rutilius a souffert sa condamnation, comme si elle ne lui avait causé
d'autre chagrin que celui d'être mal
jugé.

Métellus a souffert son exil avec
courage; Rutilius, avec plaisir : l'un
accorda son retour à la république;
l'autre le refusa à Sylla, qui éprouvait
alors peu de refus. La prison de Socrate fut une école de philosophie ; il
refusa les moyens qu'on lui offrit pour
en sortir, afin de guérir les hommes de
deux grandes craintes, celle de la mort,
et celle de la prison. Mutius Scévola
posa sa main sur des charbons ardents.
Le feu cause une douleur cruelle : mais
elle l'est encore bien davantage quand
on la souffre de propos délibéré. Vous
voyez un homme sans science, dont
l'esprit n'est préparé par aucune maxime à la mort et à la douleur, armé de

son seul courage militaire, se punir
lui-même du mauvais succès d'une
entreprise. Il vit froidement sa main
se brûler sur le feu de son ennemi ;
et, quoique les os fussent déja décou-
verts, il attendit que cet ennemi même
éloignât le feu pour s'en éloigner. Il
eût pu faire dans ce camp une action
plus heureuse, mais non plus coura-
geuse. Voyez combien la vertu se lasse
moins des tourments qu'elle souffre,
que la cruauté de ceux qu'elle ordonne. Porsenna pardonna plutôt à
Mutius d'avoir voulu le tuer, que
Mutius ne se pardonna de n'avoir
point tué Porsenna. Ces histoires, me
direz-vous, sont rebattues dans les
écoles ; et je vois que, quand il s'agira
du mépris de la mort, vous me proposerez Caton. Pourquoi ne vous le
proposerais-je pas ? Dans cette nuit

qu'il passa entre le livre de Platon et
son épée, dans cette extrémité où il
se trouvait, il considérait ces deux objets, l'un pour desirer la mort, l'autre
pour se la donner. Ayant donc pris les
arrangements qu'il pouvait prendre
dans ce temps de désordre et de troubles, il crut qu'il fallait faire en sorte
que personne n'eût le droit de tuer
Caton, ou le bonheur de le sauver;
et, ayant tiré ce glaive que le sang
jusqu'alors n'avait point souillé : «Fortune, dit-il, tu n'as encore rien fait
contre moi en t'opposant à tous mes
efforts; je n'ai encore combattu que
pour la liberté de ma patrie, et je n'ai
travaillé avec tant de constance, non
pour être libre, mais pour vivre entre
les hommes libres : à présent que le
genre humain est perdu, sauvons
Caton.» Aussitôt il se fit une blessure

mortelle. Les médecins la pansèrent
Caton, qui avait perdu son sang et se
forces, mais point son courage, moin
animé alors contre César que contr
lui-même, déchira l'appareil de se
propres mains, et rendit ainsi, ou
pour mieux dire, chassa loin de so
corps cette ame généreuse, ennemi
de toute tyrannie. Ce n'est point pou
exercer mon esprit que je rassembl
tous ces exemples ; c'est pour vou
donner des forces contre ce qu'il y a
de plus terrible ; mais peut-être réus-
sirai-je mieux en vous faisant voi
que non seulement des hommes plu
ordinaires ont méprisé la mort, mai
même que des ames faibles ont, en c
point, égalé les plus fortes ; tel qué
Scipion, beau-père de Pompée, qui,
rejeté par un vent contraire sur les
côtes d'Afrique, et voyant son vaisseau

pris par les Carthaginois, se perça de
son épée. Ceux-ci ayant après demandé où était le général : « Le général est en sûreté », répondit-il. Cette
parole l'égala à ses ancêtres, et conserva sans interruption dans la famille
la gloire dont les destins voulaient
qu'elle se couvrît en Afrique. Il est
encore plus beau de vaincre la mort
que Carthage. *Le général est en sûreté* ; voilà la mort d'un général, et
du général de Caton. Je ne vous rappelle point à des histoires plus an-
ciennes, et je ne vais point rechercher dans tous les siècles le nombre
infini de gens qui ont méprisé la mort :
jetez les yeux sur ces temps-ci, où
nous nous plaignons de la mollesse et
des délices ; nous y voyons des gens
de tous les ordres, de toutes les fortunes, de tous les âges, prévenir leurs

malheurs par la mort. Croyez-moi, Lucilius, la mort est si peu à craindre,
que rien n'est à préférer à ses avantages. Écoutez donc avec sécurité les
menaces de votre ennemi ; et, quoique
vous n'ayiez rien à vous reprocher intérieurement, cependant, comme on
n'est pas toujours jugé sur sa cause,
espérez la plus grande justice, et pré-
parez-vous à la plus grande injustice.
Souvenez-vous, avant tout, qu'il faut
dépouiller les choses de leurs fausses
apparences, ne juger que la réalité ;
et vous verrez que la terreur qu'elles
causent est tout ce qui les rend terribles. Ce que vous voyez arriver aux
petits enfants nous arrive aussi à
nous, qui ne sommes que de grands
enfants : si les personnes qu'ils aiment, auxquelles ils sont accoutumés,
avec qui ils jouent, paraissent mas-

quées devant eux, ils en ont peur.
Ce n'est pas seulement aux hommes,
mais aussi aux choses, qu'il faut ôter
le masque, et rendre leurs figures naturelles. Pourquoi me montrez-vous
des glaives, des feux, et une troupe
de bourreaux frémissant autour de
vous? Mort, sous cet appareil qui te
cache et qui effraye les insensés, tu
n'es que ce que mon valet et ma servante ont dernièrement méprisé. Pourquoi offrir à mon esprit ces fouets,
ces aiguillons, ces tortures appliquées
à tous les membres, et tous ces instru-
ments inventés pour alonger les supplices et les rendre plus cruels? Éloi-
gnez ces images effrayantes, faites
taire ces plaintes, ces gémissements,
ces cris aigus arrachés par les tourments. Ils sont l'expression de cette
douleur qu'un goutteux méprise, qu'un

7

mauvais estomac supporte après une débauche, et qu'une jeune femme souffre dans l'accouchement : elle est légère, si je puis la supporter ; elle est courte, si je ne le puis pas. Fixez vôtre esprit sur ces choses que vous avez souvent entendues et souvent dites, et prouvez, par l'effet, la vérité de ce que vous avez entendu et de ce que vous avez dit : car le plus honteux des reproches qu'on a coutume de nous faire est que nous sommes philosophes dans nos discours, mais point dans nos actions. Vous, par exemple, vous êtes menacé d'une mort prochaine ; l'exil, les supplices vous attendent ; vous êtes né pour cela ; pensons que tout ce qui peut arriver arrivera. Je suis bien sûr que vous avez suivi tous mes avis avant de les recevoir. Je vous avertis à présent de ne

pas abandonner votre ame à l'inquiétude ; elle s'amollirait, et trouverait
moins de forces quand le temps de les
employer serait venu. Au lieu de songer à vos maux, songez à ceux du genre
humain ; dites-vous à vous-même que
vous avez un corps fragile et périssa-
ble ; que les efforts d'un ennemi ne sont
pas nécessaires pour causer de la douleur ; que les plaisirs même deviennent
des tourments ; que les repas causent
des indigestions ; que l'ivresse entraîne
avec elle l'engourdissement des nerfs :
et que la goutte naît de la débauche.
Serai-je pauvre ; j'aurai le sort de beaucoup de gens. Serai-je exilé ; je regar-
derai mon exil comme ma patrie. Je
serai enchaîné : eh quoi ! suis-je libre
à présent ? la nature ne m'a-t-elle
point attaché à la masse de mon corps ?
Mais je mourrai ; alors dites : Eh bien !

je serai délivré de la crainte des ma-
ladies, de la prison, et de la mort. Je
ne veux point me donner le ridicule
de vous rappeler ici la chanson d'Épicure, de vous parler des vaines ter-
reurs de l'avenir, et de vous dire que
la roue d'Ixion ne tourne point, que
Sisyphe ne roule point de rocher, et
que les entrailles de Prométhée ne re-
naissent point tous les jours pour être
dévorées de nouveau. Personne n'est
plus assez enfant pour craindre Cer-
bère, pour être effrayé des ténèbres
et des apparitions fantastiques de ceux
à qui il ne reste plus que des os. La
mort nous consume, ou nous dépouille; si elle nous dépouille, elle ne
fait que nous débarrasser de ce qui
nous charge, pour nous laisser ce que
nous avons de plus précieux; si elle
nous consume, elle nous enlève tous

nos maux en même temps que nos
biens. Permettez-moi de vous rappeler
ici un de vos vers, et de vous avertir
auparavant qu'il faut que vous croyiez
vous être parlé à vous-même plutôt
qu'aux autres. S'il est mal de ne point
dire ce que l'on pense, combien l'est-il
plus de ne point sentir ce qu'on écrit.
Je me ressouviens que vous avez autrefois écrit, sur ce sujet, que la mort ne
nous surprend point, mais que nous
y arrivons par degré : nous mourons
tous les jours ; car tous les jours une
partie de notre vie nous est enlevée ;
et même, lorsque nous croissons, notre vie décroît. Nous avons d'abord
perdu l'enfance, ensuite la première
adolescence, ensuite la jeunesse ; tout
ce qui a passé de temps jusqu'au jour
d'hier a péri pour nous ; ce jour même
que nous passons, nous le partageons

7.

avec la Mort: et, de même que ce n'est point la chute de la dernière goutte d'eau qui vide le vase destiné à marquer les heures, mais celle de toute l'eau qui est sortie avant cette dernière goutte; de même ce dernier moment auquel notre existence finit n'est point le seul instant qui amène notre mort, c'est le seul qui l'achève. C'est alors que nous y arrivons; mais nous nous étions long-temps avancés vers elle. Après avoir dit tout cela à votre manière, c'est-à-dire d'un ton toujours noble, mais jamais plus fort que lorsque vous faites parler la vérité, vous dites,

La mort n'est point l'instant qui finit notre sort;
Cet instant est plutôt notre dernière mort.

J'aime mieux que vous lisiez votre ouvrage que ma lettre; vous y verrez que

ce n'est point la mort que nous crai-
gnons, mais sa fin. Je vois où vous allez en venir: vous me demandez quelle
parole frappante, quel précepte utile,
j'ai renfermé dans ma lettre ; en voici
un sur le sujet même dont il s'agit.
Épicure n'attaque pas moins ceux qui
desirent la mort que ceux qui la craignent ; il dit : Il est ridicule de courir
à la mort par ennui de la vie, tandis
que c'est la vie même qu'on a menée
qui oblige à courir à la mort. Est-il
rien de plus absurde que de desirer la
mort, après que la crainte de cette
même mort a troublé notre vie? Ajoutez
à cela quelque chose dans le même
genre : Les hommes, dit quelqu'un,
sont si insensés et si imbécilles, que la
crainte de la mort y conduit plusieurs
d'entre eux. Lequel de ces deux partis
que vous preniez, vous donnerez à

votre esprit des forces pour supporter
la mort ou la vie. Nous devons être
instruits et affermis dans ces deux
points, pour ne pas trop aimer la vie
ou la trop haïr ; même, lorsque la raison
nous conseille de finir, ce n'est point
avec précipitation qu'il faut prendre
son parti. L'homme courageux et sage,
ne doit point fuir la vie, mais en sortir, et, avant tout, il doit éviter cette
passion folle de la mort, que plusieurs
ont sentie ; car, mon cher Lucilius,
l'esprit humain a souvent un penchant
inconsidéré vers cet objet, comme
vers beaucoup d'autres : ce penchant
a souvent entraîné des ames fortes et
généreuses, souvent aussi des ames
faibles et lâches. Les unes méprisent
la vie, les autres ont peine à la supporter. Plusieurs ont éprouvé l'ennui
de faire et de voir toujours les mêmes

choses, et le dégoût, plutôt que la haine
de la vie. La philosophie même nous
fait tomber dans ce défaut, lorsque
nous disons : Jusqu'à quand tout se
ressemblera-t-il? Veiller, dormir, man-
ger, avoir faim, geler, étouffer, rien
ne finit; tout se lie, tout se fuit, et se
suit : la nuit succède au jour, le jour à
la nuit; l'été devient automne, l'automne est pressé par l'hiver, que le
printemps vient bientôt remplacer.
Tout passe pour revenir; je ne vois,
je ne fais rien de nouveau. Cela cause
quelquefois de l'ennui. Beaucoup de
gens ne trouvent pas dur, mais inutile
de vivre.

LETTRE

À M. L'ABBÉ PORQUET,

SUR MON CHANGEMENT D'ÉTAT.

ENFIN, mon cher abbé, me voici sur
le point d'exécuter un projet que mon
esprit a toujours chéri, et que votre
raison a toujours blâmé, celui de chan-
ger d'état. Ce n'est point une petite
affaire que de commencer, pour ainsi
dire, une nouvelle vie à l'âge de
vingt-quatre ans : vous me direz peut-
être qu'il faudrait mettre à cela plus
de réflexion que mon âge et sur-tout
ma vivacité ne me le permettent ; mais
ne me condamnez pas sans m'avoir
entendu une dernière fois ; et, comme
en matière de bonheur il n'y a de vé-

ritables juges que les parties, laissez-
moi, s'il vous plaît, plaider et décider
dans ma propre cause.

J'étais dans la route de la fortune ;
les premiers pas que j'y avais faits suffisaient pour m'en assurer. Les circonstances les plus favorables semblaient
rassemblées pour présenter à mon imagination l'avenir le plus brillant. Sans
aucun mérite, j'aurais pu, comme tant
d'autres, obtenir encore quelques bé-
néfices ; avec un peu d'hypocrisie, je
serais probablement devenu évêque ;
peut-être avec un peu de friponnerie,
cardinal : qui sait si quelques ruses et
quelques intrigues de plus ne m'auraient point mis à la tête du clergé ?
mais j'ai mieux aimé être aide-de-
camp dans l'armée de Soubise. *Trahit
sua quemque voluptas.*

La première règle de conduite n'est

point de devenir riche et puissant ;
c'est de connaître ses véritables desirs
et de les suivre. Alexandre, avec l'or
de l'Asie dans ses coffres et le sceptre
de l'univers dans ses mains, cherchait
le bonheur dans Babylone ; et un petit pâtre de dix-huit ans le trouvera
dans son hameau, s'il obtient en mariage la petite paysanne qu'il aime.

Mais quittons Alexandre, et revenons à moi, qui ressemble beaucoup plus au petit pâtre qu'à lui.
Vous savez qu'un sang bouillant, un
esprit inconsidéré, une humeur in-
dépendante, sont les trois premiers
traits qui me caractérisent. Comparez
ce caractère-là avec tous les devoirs
de l'état que j'avais embrassé, et vous
me direz si j'y étais propre. Vous n'i-
gnorez pas de quelle impossibilité il
est pour moi, et de quelle nécessité il

S

est pour un ecclésiastique, de cacher tout ce qu'il desire, de déguiser tout ce qu'il pense, de prendre garde à tout ce qu'il dit, et d'empêcher qu'on ne prenne garde à tout ce qu'il fait. Pensez de plus aux haines atroces, aux noires jalousies, aux perfidies indignes qui règnent encore plus dans les cœurs des prêtres que dans les autres, et à toute la prise que ma simplicité, mon indiscrétion, ma licence même, auraient donnée sur moi : vous conviendrez que je n'étais, pas fait pour vivre parmi ces gens-là. Comptez-vous pour rien le cri général qui s'était élevé contre la liberté de ma conduite ? Ce sont les sots qui crient, me direz-vous : tant pis vraiment ; il vaudrait mieux que ce fussent les gens d'esprit ; cela ferait moins de bruit. Les sots ont l'avantage du nombre; et c'est celui-là qui décide. Nous aurons beau leur faire la guerre, nous ne les affaiblirons pas; ils seront toujours nos maîtres; ils resteront toujours les rois de l'univers; ils continueront toujours à dicter toutes les lois, à assigner tous les rangs de la société; il ne s'introduira pas une pratique, pas un usage, pas un devoir, dont ils ne soient les auteurs; enfin ils forceront toujours les gens d'esprit à parler et presque à penser comme eux, parcequ'il est dans l'ordre que les vaincus parlent la langue des vainqueurs.

D'après l'extrême vénération dont vous me voyez pénétré pour la toute-puissance des sots, ai-je tort de chercher à rentrer en grace avec eux? et ne dois-je pas regarder comme le plus beau moment de ma vie celui de ma ré-

conciliation avec les premiers souve-
rains du monde? Pardonnez-moi de
m'égayer un peu dans le cours de mes
raisonnements; c'est pour m'aider, et
vous aussi, à supporter l'ennui: d'ailleurs Horace, votre ami et votre modèle, permet de rire en disant la
vérité; et le premier philosophe de
l'antiquité n'était sûrement pas Hé-
raclite. J'aurais pu, me direz-vous,
d'après mon respect pour l'avis des
sots, quitter mon état sans en prendre
un autre; mais les sots m'ont dit qu'il
fallait avoir un état dans la société. Je
leur ai proposé d'avoir celui d'homme
de lettres; ils m'ont dit de m'en bien
garder, parceque j'avais trop d'esprit
pour cela. Je leur ai demandé ce qu'ils
voulaient que je fisse, et voici ce qu'ils
m'ont répondu: Il y a quelques siècles
que nous avons voulu que tu fusses

gentilhomme ; nous voulons à présent
que tout gentilhomme aille à la guerre.
Là-dessus je me suis fait faire un habit
bleu ; j'ai pris la croix de Malte, et je
pars.

Il doit vous rester à présent bien
des objections à me faire sur la manière dont j'ai pris mon parti : je me
les suis déja faites à moi-même. Je
vais vous les détailler avec toute la
sincérité que vous me connaissez, et
y répondre avec un sérieux que vous
ne me connaissez pas.

1° Vous pourrez me dire que je
n'ai pas assez consulté mes parents sur
le parti que j'allais prendre, et que
pourtant je devais assez compter sur
leur tendresse et sur leurs lumières
pour écouter leurs conseils. Il est vrai
que je me suis contenté de faire part
à ma mère et à mon frère de mon

8.

projet, sans les consulter ; mais je
crois qu'il était inutile de le faire. Ma
résolution était formée ; je les aurais
trompés si je leur avais demandé leur
avis avec l'air d'être disposé à le suivre.
S'ils avaient pensé comme moi, les
choses auraient été comme elles vont :
s'ils avaient été contraires à mes idées,
j'aurais souffert de ne point leur cé-
der. J'ai mieux aimé manquer à une
petite formalité que de les tromper,
ou de leur résister en face. De deux
maux inégaux, vous savez lequel il
faut choisir. Mais il ne fallait peut-
être pas former une résolution aussi
forte que celle-là. Est-on maître de sa
volonté ? peut-on l'affaiblir ou la for-
tifier à son gré ? et l'homme, esclave
né de ses plus folles fantaisies, peut-il
commander aux desirs que sa raison
approuve ? Mais ne doit-on pas obéir

à ses parents? Le respect dû aux parents n'a point de terme; l'obéissance
en a un, marqué par la nature; c'est
celui de l'entier développement des
organes de notre corps et des facultés
de notre esprit. A ce moment nous
entrons, pour ainsi dire, en posses-
sion de nous-mêmes; le gouvernail de
nos actions est remis entre nos mains;
et, après avoir appris des autres à
vivre, nous commençons à vivre pour
nous. Mais ne doit-on pas toujours
une entière confiance à sa mère? C'est
cette confiance que j'ai écoutée en lui
parlant, même en votre présence, de
mon projet. La peine qu'il me parut
lui faire m'empêcha de lui en repar-
ler, mais non pas de le suivre : il y
allait du bonheur de ma vie, dont,
sans doute, elle n'aurait jamais ac-
cepté le sacrifice.

2° Vous me demanderez si le roi est averti de mon changement d'état. Le roi m'a souvent questionné sur le plan de vie que je voulais choisir, et j'ai toujours eu le courage de lui répondre, depuis environ dix-huit mois, que je ne me souciais pas d'avancer dans mon état; que le bien qu'il m'avait fait jusqu'à présent me suffisait; que l'ambition était un sentiment étranger à mon cœur, et que je me sentais plus fait pour être heureux que pour être grand. Là-dessus le roi voulut bien me parler des projets qu'il avait conçus à mon sujet : il y aurait eu de quoi éblouir quelqu'un qui n'aurait point puisé la saine philosophie dans les leçons et dans les exemples de mon bienfaiteur même. Je répondis que le roi pouvait ajouter aux graces dont il m'avait comblé, mais

qu'il n'ajouterait rien ni à ma reconnaissance, ni à mon contentement,
et que je gagnerais plus à imiter sa
modération dans ma sphère, qu'à ac-
cumuler ses bienfaits. Le roi, surpris
de ce que je posais, pour ainsi dire,
des limites à sa bienfaisance, daigna
agréer ma réponse, et, depuis ce
temps, ne me proposa point de me
rétracter.

En voilà assez pour ce qui concerne
l'état que je quitte. Voyons à présent
ce qui regarde celui que j'embrasse.
C'est ici que commencent mes torts,
et je vais les avouer. Vous connaissez
trop bien, mon cher ami, ma mal-
heureuse étourderie, et je ne suis
point obligé de vous rappeler toutes
mes folies pour vous en donner une
idée ; il suffit simplement de vous res-
souvenir des affaires que m'ont sus-

citées mes chansons de l'Isle-Adam ;
combien, à Paris et à Versailles, il
fut trouvé affreux qu'avec l'habit ecclésiastique j'eusse fait des couplets
d'une indécence qu'on aurait eu peine
à pardonner à un homme d'un autre
état. Les gens qui m'accusèrent à la
cour eurent grand soin de ne pas dire
qu'un peu de vin de Champagne s'é-
tait joint à ma folie ordinaire, et que
je n'avais compris que le lendemain
le sens des vers que j'avais faits la
veille : je fus condamné avec unani-
mité, et, par malheur, avec justice.
J'essayai pourtant de revenir dans
l'esprit de M. le dauphin, dans lequel
je savais qu'on m'avait perdu. Il dit
à la personne qui parla pour moi, et
qui lui lut une lettre que j'avais écrite
à ce sujet, qu'il voulait bien s'inté-
resser à moi, et qu'il serait bien aise

de me voir dans un état plus conforme à mon caractère et à la tour-
nure de mon esprit. Voilà la raison
principale qui m'a porté à entrer dans
le service ; raison que je n'ai jamais
osé confier au roi, tant par la honte
de lui avouer ma faute, que par la
crainte de l'affliger, en lui apprenant
combien je m'étais rendu indigne de
ses bontés.

Je n'entreprendrai point de répondre aux gens qui m'accuseront de
manquer de reconnaissance envers
mon bienfaiteur ; je crains peu le
reproche sur cet article. Mon cœur
parlera toujours plus haut que mes
calomniateurs ; et je puis d'avance
assurer que tous les moments où on
pourra dire ces horreurs-là de moi
auront été marqués dans ma pensée
par un tendre souvenir des bienfaits

du roi, et par le vif desir de lui en
rendre un jour le prix, en les méri-
tant. Vous connaissez le fond de mon
ame ; vous savez qu'un enfant qui ai-
merait son père et sa mère comme
j'aime le roi passerait les bornes de
son devoir, si un tel devoir pouvait
avoir des bornes. Je puis dire, plutôt
à l'honneur de ma sensibilité qu'à
celui de mon talent, qu'il m'est arrivé
deux fois de parler du roi dans des
discours académiques, et que deux
fois j'ai tiré des larmes d'attendrisse-
ment de toute l'assemblée. Plusieurs
personnes ont pleuré en écoutant une
chanson pour la Saint-Stanislas, qui
n'était que l'ouvrage du sentiment,
parcequ'elle avait coûté trop peu pour
être celui de la réflexion. Enfin, toutes
les fois que l'occasion de rendre hommage à tout ce que j'admire dans le

roi, et de le faire connaître aux gens qui n'ont pas le bonheur de l'approcher comme moi, se présente dans la société, on m'a dit que j'acquérais une éloquence particulière ; et je suis bien consolé de ne la point conserver en d'autres temps, si elle est un indice de mon amour pour lui.

Concluez de ma longue lettre, mon cher abbé, et sur-tout du long temps que nous avons vécu ensemble, que je pourrai, comme il m'arrive souvent, être emporté loin de mes devoirs par la légèreté de mon esprit, par la vivacité de mon âge, par la force de mes passions ; mais que je mourrai avant de cesser d'être honnête.

Antè, pudor, quàm te violo aut tua jura resolvo.

CONSIDÉRATIONS

SUR

L'AMOUR DE LA GLOIRE.

Romains! j'aime la gloire, et ne veux point m'en taire.

O<small>N</small> applaudit à ce sentiment dans la bouche de Cicéron; on y applaudissait doublement quand le rôle de Cicéron était rempli par Voltaire. On aimait à entendre par le même organe l'orateur romain et le poëte français faire l'aveu d'une passion que tous deux ont fortement ressentie et complètement satisfaite. Il y a donc de la grandeur à aimer la gloire. Ce n'est pas une faiblesse de laquelle on s'accuse; c'est un penchant qui honore, et dont on se glorifie. Oui, la gloire est telle-

ment consacrée dans notre opinion,
qu'on a voulu en attacher même au
sentiment qui la fait desirer et pour-
suivre; et cette opinion est aussi ancienne que le monde, et nulle récla-
mation ne s'est élevée contre elle. Le
stoïcisme même n'a point dénoncé à
la raison humaine la passion de la
gloire comme immorale et dange-
reuse; et seul j'oserais.... Je l'oserai,
sans doute. J'analyserai ce sentiment
déifié parmi nous, et je saurai du
moins sur quoi se fonde le culte qu'on
s'obstine à lui rendre.

O méprise des siècles! ô aveuglement de la raison! peu s'en faut qu'on
n'inscrive l'amour de la gloire au rang
des vertus; c'est du moins, dans l'o-
pinion de tous, c'est la passion des
grandes ames. Quelle vertu, bon Dieu!
que celle dont les racines s'attachent

à l'orgueil, et en tirent leur suc et leur substance !

Pour ôter à l'amour de la gloire le luxe extérieur qui le décore et le fait considérer, il ne faudrait peut-être que l'appeler de son nom véritable, *l'ambition* ; dès-lors c'est un roi de théâtre que vous dépouillez ; il redescend dans la classe des êtres subalternes, et n'a plus rien qui l'en distingue.

Que l'esprit le plus juste, que le grammairien le plus sévère, explique et commente l'un par l'autre ces deux mots, *ambition et amour de la gloire* ; je me trompe si le sens intime de l'un et de l'autre n'est pas le desir de la supériorité sur nos semblables. La base de ce desir est l'orgueil ; et une grande prétention à la gloire est un projet attentatoire de

9.

l'orgueil d'un seul contre l'orgueil de
tous. Qu'un tel projet manque, l'auteur en est puni; la ligue est toute
formée contre lui; c'est celle de tous
les orgueils qui se vengent du sien.
Voilà pourquoi, dans toutes les ten-
tatives qui ont la gloire pour objet,
au défaut du triomphe, il ne reste
que l'humiliation d'un revers auquel
une sorte de ridicule est attachée.
On rit de ceux qu'on n'admire pas,
quand ils ont eu la prétention d'être
admirés.

Ce que l'orgueil approche, il le
salit; ce qu'il touche, il le corrompt.
Vous parlez d'une vertu qui pose sur
l'orgueil; une telle vertu, dans l'une
de ses parties, du moins, est une vertu
gangrénée.

Ce desir qu'a l'ambitieux d'être au-
dessus de ses semblables, voulez-vous

connaître combien il diffère de la vertu, combien il en est éloigné? Voyez quelle haine il inspire dès qu'on l'ose contrarier.

Haine d'orgueil, ces deux mots ne vous représentent-ils pas le plus hideux des monstres de l'enfer?

Homme trop véridique pour ton repos, tu ne sais comment ramener à toi l'amant de la gloire dont ta franchise a très innocemment blessé les prétentions. Je vais t'en enseigner le plus sûr moyen. Étends-toi à ses pieds, baise-s-en la poussière; crie-lui: *Tu es grand; je t'admire et te révère.* A ces mots expiatoires je vois se rasséréner le front de l'homme superbe; mais, ô démence effrayante de l'orgueil! c'est en montant sur le corps de l'ennemi suppliant qu'on lui annonce son pardon. L'orgueil désarmé vient d'absoudre sa victime ; mais il la foule aux pieds pour le maintien de ses priviléges et de sa grandeur.

La colère est une courte folie, *ira furor brevis est*. Le ressentiment de l'orgueil est une colère inextinguible. La colère est en démence lorsqu'elle frappe ; l'orgueil est de sang froid. La colère porte le coup, et détourne les yeux ; l'orgueil regarde mourir sa victime. La colère s'arrête devant le tombeau de celui qu'elle s'est immolé ; elle y prononce son abjuration, et souvent l'aveu de son repentir. L'orgueil descend au fond du sépulcre, en retire la cendre qu'il déteste, et court la jeter au vent. Pure exagération, va-t-on dire. — Plût au ciel que j'eusse le tort d'exagérer, et que l'orgueil fût innocent des torts que je lui reproche. Suivez dans leurs fureurs les amants de la gloire ; voyez à quoi ce sentiment outragé les porte ; et vous ne me regarderez plus comme un déclamateur ampoulé.

Ah ! qu'elle connaissait bien la frénésie des ambitieux cette femme habile et pénétrante qui a dit : *J'aimerais mieux, pour mon repos, noircir la probité d'un homme, que rabaisser le talent dont il a la prétention.* Ai-je dit contre l'ambitieux rien de plus fort, et qui ait plus l'air de l'exagération ?

Quand l'auteur de Warwick fit ce vers, beau sans doute, mais terrible,

Mais je mourrai, du moins, sans avoir pardonné,

c'est, je pense, une haine d'orgueil qu'il voulut peindre.

L'amour de la gloire naît donc de l'orgueil ; à la moindre contradiction

qu'il éprouve il prend le visage de la
haine, il ressemble à la rage, et grince
des dents comme elle : l'étrange passion pour mériter les honneurs de l'a-
pothéose !

Ce serait un beau procédé chimi-
que à tenter que d'extraire de l'ambition, même la plus noble, ce que l'envie y fait filtrer de son noir venin.
Faute de cette dépuration, aussi rare
que nécessaire, la coupe où s'enivrent
les amants de la gloire, pleine, disent-
ils, d'une ambrosie toute céleste, con-
serve un arrière-goût de poison.

Il est une ambition pure, noble,
grande, celle de faire du bien à ses
semblables.

Malheureusement elle ne sied guère
qu'à ceux qui ont en main le crédit
des places et l'autorité de la puissance. Des actes privés et obscurs de

bienfaisance délectent intérieurement la conscience qui s'en rend compte; mais que sont-ils pour l'ambition de celui qui ne se repaît que de célébrité? Que dis-je? admettrons-nous comme possible l'alliance d'un sentiment aussi pur que l'amour des hommes avec le desir de la célébrité de cet amour même? De cette parole toute sainte, toute divine, *J'aime mes semblables, je me dévoue à les servir*, passez à celle-ci, *On me louera;* combien de degrés vous aurez descendus!

Alexandre aima passionnément la gloire; il aima peu les hommes, et se soucia peu d'en être aimé. Qui vous l'a dit? me demande-t-on. — Lui-même. *O Athéniens! qu'il m'en coûte pour être loué de vous!* Étudiez ce mot d'Alexandre; c'est celui d'un ambitieux qui méprisait assez ses sembla-

bles pour se faire un jeu de leurs dés-
astres, et qui sacrifiait son repos à
l'honneur d'être loué de ceux qu'il
méprisait et persécutait. Conçoit-on
une combinaison d'idées tout à-la-fois
plus petites et plus atroces? Ixion,
étalé sur sa roue, disent les poëtes
(Virgile et Pindare), crie aux mortels d'éviter les fureurs de l'ambition;
Alexandre, dans le mot que je viens
de citer, ne donne pas une leçon moins
énergique et moins frappante. Oui,
cette parole du conquérant de l'Inde
me le fait voir comme un ilote qu'on
a jeté dans l'ivresse pour dégoûter de
l'ivresse tout homme sage.

Au nom d'Alexandre opposons ceux
de Titus et de Trajan. Ces princes, sans
doute, aimèrent les hommes et méri-
tèrent d'en être aimés. Pourquoi donc
ne les nomme-t-on pas des princes

ambitieux ? c'est que le cri de la conscience publique réclame contre l'as-
sociation de ces deux sentiments:
*Amour des hommes, desir d'une cé-
lébrité acquise par cet amour.* Qui
chérit ses semblables, les sert sans bruit,
sans faste, sans éclat, d'après le modeste instinct de sa bonté. Qui veut
qu'on le célèbre, se chérit, et se con-
sidère plus que ceux dont il fait les
trompettes de sa célébrité.

L'amour de la gloire ressemble à
ces liqueurs clarifiées dont la surface
ne se montre si brillante que parceque
la lie est déposée au fond. Amant de
la gloire, approche ; je veux remuer
la lie de tes pensées. Dans le trouble
de la passion prétendue sublime qui
t'agite et te dévore, voici le fond des
idées qui t'occupent: *Maintenant on
parle de moi, demain l'on battra*

10

des mains sur mon passage ; mes ri-
vaux seront attérés, et la hauteur
de mon regard les rapprochera du
néant. Homme ambitieux, glorifie-
toi donc de telles pensées ; et toi, vul-
gaire imbécille, prosterne-toi devant
ceux qui professent une vertu si sublime.

L'outrage le plus sensible qui puisse
affliger le fastueux ami de la gloire,
c'est de le montrer par un côté ridicule. Donnons-nous ce spectacle ré-
jouissant d'un géant réduit à la taille
des pygmées, d'un glorieux travesti en
pasquin.

La scène du monde s'ouvre devant
mes yeux : qu'y vois-je de tous côtés ?
des hommes qui se complaisent en eux-
mêmes, qui marchent fièrement les
uns auprès des autres ; chacun occupé
uniquement de soi, et convaincu qu'il

occupe uniquement tous les autres.
Dans cette multitude, personne ne
songe à son voisin, et chacun se dit:
Tout le monde songe à moi. Ce tableau vous semble-t-il assez ridicule?

Cicéron revient de Sicile persuadé
que l'univers entier a tenu les yeux
ouverts sur lui, sur sa magistrature. Il
prend terre en Italie; le premier qui
l'aborde lui demande d'où il vient? On
avait même ignoré son absence. Belle
leçon pour ceux qui aiment que leur
nom fasse du bruit. Notre orgueil nous
trompe au point que les hommes les
plus célèbres seraient mécontents, at-
tristés de leur gloire, s'ils en connais-
saient strictement l'étendue.

L'homme de cour regarde avec com-
plaisance les rubans dont il est cha-
marré; le millionnaire promène sa
pensée dans l'hôtel immense et magni-

fique qu'il fait construire pour sa résidence : on dirait que son orgueil en a réglé les dimensions; que cet orgueil en a tracé le plan si vaste, afin de s'y trouver moins resserré. L'homme de génie est plein de ses conceptions sublimes: auprès de lui, le bel esprit de société se caresse et s'admire dans l'innocent madrigal qu'il vient de rimer, etc., etc. Eh quoi! par-tout l'orgueil m'assiège et me poursuit; je le confesse, le spectacle de tant d'orgueils, et ridicules et trompés, me fait prendre ce sentiment en haine et en mépris. On le dit indestructible dans notre ame; s'il est ainsi, l'orgueil où je veux prétendre sera de réduire le mien à la plus juste mesure possible; si j'y parviens, je me dirai (avec orgueil sans doute) que l'espèce du mien n'est pas la plus commune.

Quoi donc! pour une comédie, un poëme, un discours que l'on vient d'achever, se figurer Paris, la province, l'Europe, dans l'attente d'une merveille, et travaillés du besoin d'en jouir! Eh! que dut-il donc arriver quand les chefs-d'œuvre de nos grands maîtres sortirent de leurs admirables plumes? Ce qui est arrivé! le sais-tu? le Misanthrope ennuya; Athalie fut jugée froide et au-dessous d'Esther; Britannicus manqua son effet; des chefs-d'œuvre de Voltaire, la Mérope seule a réussi d'abord. Aujourd'hui la représentation des chefs-d'œuvre les plus estimés est vide et déserte; une froide apathie ne permet pas qu'on cherche à les revoir; d'injustes critiques déshonorent quelques unes de ces merveilles. Va donc, après de tels exemples, va te contempler dans tes pro-

10.

ductions subalternes : ose te regarder comme l'homme de ton siècle et de ton pays ; mais, dans tes chimériques et orgueilleuses visions, rappelle-toi le fou du Pyrée qui se croyait riche de tous les vaisseaux qu'il y voyait rassemblés.

En écrivant ceci, je prévois les reproches qu'on va me faire : *N'exigez point de la nature humaine*, me dira-t-on, *plus de perfection qu'elle n'en comporte ; laissez-nous une passion réputée noble et généreuse, parcequ'elle fait entreprendre de grandes choses.* J'entends : pour frapper l'or en monnaie et lui donner cours, on y mêle de l'alliage ; qu'il en soit ainsi des vertus, j'y consens. Je n'en penserai pas moins que c'est l'amour du bien qui fait faire le bien, le goût de la vertu qui rend vertueux, la passion d'un art et d'une profession qui seule y procure des succès durables : quiconque ne fait de bonnes actions, des vers, de la musique, qu'en vue de la gloire qu'il doit en retirer, sera bientôt infidèle à sa vocation trompeuse; un obstacle, une chute, un revers, l'en dégoûtent, l'en désabusent. La vocation fondée sur l'amour du talent et de la profession subsiste sans l'aliment de la gloire. Qu'arrive-t-il? souvent la gloire est le prix d'une persévérance désintéressée.

D'Alembert ne cessait de le dire: *Quand je trouve de ces jeunes gens qui étudient les éléments d'Euclide, afin d'être bientôt de l'académie, je les éclaire sur la fausseté de leur vocation.* Quand on n'aime pas pour eux-mêmes les arts, la géométrie, et l'éloquence, on n'est digne ni de les servir, ni de s'illustrer par eux.

L'amour de la célébrité sert de véhicule au talent, soit ; mais un grand desir de gloire occasione bien des méprises de la fausse gloire à la véritable.

J'ai analysé une passion que l'on n'envisage communément que par son côté le plus spécieux, par son dehors le plus brillant. C'est l'essai d'un travail qu'on pourrait rendre plus important en l'étendant à divers autres sentiments du cœur humain. On ne connaît à fond que ce qu'on décompose, que ce qu'on analyse.

J'ai voulu mettre un homme sage en garde contre une passion que le préjugé commun rend vénérable, et, en quelque sorte, sacrée. Je voudrais éteindre ou refroidir ces volcans d'ambition guerrière, politique, et sur-tout littéraire, qui fument au sommet de

tant de têtes vides de tout, excepté
d'ambition : un motif si raisonnable
est fait pour obtenir grace à cette dia-
tribe.

Les morceaux qui suivent sont tirés de
la première édition de l'Encyclopédie.

GRANDEUR
DE L'ESPRIT HUMAIN.

Où sont tes bornes, être sublime ?
La durée et l'espace disparaissent devant toi ; les siècles se rapprochent à
ton ordre pour t'offrir les tableaux du
passé et de l'avenir ; tes regards parcourent et mesurent en un instant l'é-
tendue et la profondeur de la terre ;
tu conduis le frêle bois des vaisseaux
au travers des abymes de l'Océan par
des routes tracées dans le firmament ;
tu mesures d'ici-bas l'immensité des
espaces célestes, et tu vois les mondes
brûlants qui les décorent et qui nous
éclairent assujettir leurs rapides mouvements aux lois de tes calculs ; tu

sembles ensuite planer dans les cieux
pour y voir de loin cette terre que
nous habitons suivre l'ordre des astres
qui l'entourent : quelquefois tu te re-
plies sur toi-même pour connaître ta
propre grandeur; étonné de la foule
et de la beauté de tes idées, tu veux
remonter à leur cause ; tu recules les
temps, tu étends l'espace en cherchant
l'infini et l'éternel, et tu ne vois rien
de plus que toi, parceque tu enfantes
tout ce que tu vois : si tu considères
la nature, au milieu de qui tu crois
exister, tu reconnais que la nature
entière est en toi ; rien n'est pour toi
que ce que tu penses : tu renfermes
l'existence et la durée de tous les êtres;
le temps n'est que l'ordre de tes idées;
il est tout dans toi ; tu es ton univers,
et tu n'es pas content !

GÉNÉROSITÉ.

La générosité est un dévouement aux intérêts des autres, qui nous porte à leur sacrifier nos avantages personnels ; c'est, en général, un sentiment qui fait donner ce qu'on ne doit pas, et nous sommes généreux toutes les fois que nous faisons un sacrifice qu'on ne pouvait pas exiger. La nature, en produisant l'homme au milieu de ses semblables, lui a prescrit des devoirs à remplir envers eux. C'est dans l'obéissance à ses devoirs qu'est la générosité. Ce n'est donc qu'en nous rendant supérieurs à notre être et qu'en nous élevant, pour ainsi dire, au-dessus des intentions que la nature semblait avoir en nous formant, que

11

nous parvenons à la vertu dont je parle. Il s'ensuit qu'on peut regarder la générosité comme le plus noble de tous les sentiments, comme le principe de toutes les belles actions, et peut-être comme la mère de toutes les vertus, parcequ'il y en a peu qui ne soient par elles-mêmes le sacrifice d'un intérêt personnel à un intérêt étranger, et que la générosité est, comme je l'ai dit, le sentiment qui nous porte à ces sortes de sacrifices.

Il y a dans la grandeur d'ame, dans la bienfaisance, et dans l'humanité, des rapports singuliers avec la générosité; mais elles ont toutes un côté par où elles en diffèrent. On peut n'avoir de la grandeur d'ame que pour soi; on n'est jamais généreux qu'envers les autres; on peut être bienfaisant sans faire des sacrifices, et la générosité en

suppose ; on n'exerce guère l'humanité qu'envers les malheureux et ses
inférieurs, on exerce la générosité envers tout le monde.

On peut conclure de là que la générosité est un sentiment aussi noble
que la grandeur d'ame, aussi utile que
la bienfaisance, aussi tendre que l'humanité : on pourrait même ajouter
que la générosité résulte de la combinaison de ces trois vertus, et que,
plus parfaite qu'aucune d'entre elles,
elle supplée, par les unes, à ce qui
manque aux autres.

Le beau plan que celui d'un monde
où tous les hommes seraient généreux,
où on n'existerait que pour les autres,
où le bonheur public deviendrait une
affaire personnelle aux particuliers, et
le bonheur des particuliers une affaire
publique ! Les hommes seraient liés

entre eux par un commerce de bienfaits, et leur société deviendrait une
république, où la générosité tiendrait
lieu de patriotisme. Mais cette suppo-
sition est trop loin de la réalité : la
générosité, dit-on, est la vertu des héros ; le reste des hommes se borne à
l'admirer.

La générosité est de tous les états,
puisqu'il n'y a point de situation dans
la vie civile qui exclue le désintéres-
sement et la passion du bonheur des
autres.

La générosité est de toutes les vertus
celle qui satisfait le plus notre amour-
propre, parcequ'elle établit le rapport
le plus flatteur entre nous et ceux que
nous servons. Cependant voulez-vous
être doublement généreux, renoncez
même à cet intérêt de l'amour-propre,
et vous éprouverez un plaisir plus dé-

licat, parcequ'il sera l'effet d'un sentiment plus épuré.

Il y a un art d'être généreux qui est plus rare encore que la générosité, et qui en relève beaucoup le prix lorsqu'il s'y trouve joint ; sachez donner, vous diminuerez le nombre des ingrats.

On juge ordinairement d'un trait de générosité par la grandeur du sacrifice et par la noblesse du motif. Fabius et Pélisson ont porté la générosité jusqu'à exposer leur honneur, l'un pour son pays, l'autre pour son ami. Codrus, Régulus, Décius, Eustache de Saint-Pierre de Calais, ont sacrifié leurs vies, et ils sont immortels ; ce sont des victimes du patriotisme, que les poëtes et les historiens ont couronnées de fleurs qui ne se faneront jamais.

11.

Un monarque, de nos jours, pour ne point attirer le fléau de la guerre sur la tête de ses sujets, descend d'un trône auquel on lui dispute les droits les plus incontestables; et il renonce aux hommages d'un peuple pour recevoir ceux de tout l'univers. Voilà la récompense qui attend ceux à qui un motif sublime aura fait sacrifier un grand intérêt.

Des différents motifs de la générosité, l'amour de la patrie est le plus beau. Le pardon des injures est, après la générosité patriotique, celle qu'on admire le plus. Ce sentiment est exprimé dans toute sa beauté dans ce vers :

Soyons amis, Cinna, c'est moi qui t'en convie.

Et ce trait fait presque autant d'honneur au caractère d'Auguste qu'a

génie de Corneille. La sorte de générosité dont l'amitié est le motif a le
pas après les deux dont je viens de
parler : cependant Socrate couvrant
Alcibiade de son bouclier, et un jeune
Athénien cédant sa maîtresse à son
ami, offrent aussi des traits qu'on remarque avec bien du plaisir dans l'histoire du genre humain.

VALEUR ET PRUDENCE.

J'ai quelquefois réfléchi sur ces mots de *valeur* et de *prudence*, et j'ai toujours eu peur de les mal entendre, à cause du sens extraordinaire que j'y attachais. Il me semble que, dans chacune de ces belles qualités, c'est le degré qui fait le mérite ; il me semble qu'elles varient selon les circonstances, et qu'elles doivent toujours être assujetties au calcul de la raison.

Le courage militaire n'est pas seulement de braver les dangers, c'est de les braver à propos. Personne n'admirera un fou qui ira, sans raison, attendre une volée de canon, tandis qu'à son poste il serait en sûreté. Un

grenadier qui marche au danger immi-
nent de l'attaque d'un chemin cou-
vert, ne marque pas en cela autant de
courage qu'un domestique qui suit
son maître à une légère escarmouche,
parce qu'une action libre a toujours
plus de mérite qu'une action forcée :
l'un volerait sa vie à sa patrie, s'il
prenait la fuite ; l'autre la donne à
son maître lorsqu'il l'accompagne.

Le courage d'un militaire doit toujours être en raison inverse du nombre
d'hommes qu'il commande. On peut
verser son sang pour la gloire, on ne
peut verser celui des autres que pour
le bien. Si un général expose son armée comme un colonel peut et doit
quelquefois exposer son régiment, il
a tort : si ce colonel expose une bri-
gade ou un régiment comme un officier subalterne pourrait exposer un

piquet, il a tort : si on compromettait un piquet de cinquante hommes comme on compromet une patrouille de quatre hommes, on aurait encore tort ; mais on aurait également tort en morale comme à la guerre, si on exposait les quatre hommes qu'on conduit comme on exposerait sa personne. Il suit de là une sûre notion sur le courage : c'est un sacrifice de sa sûreté particulière à la sûreté publique. L'armée est sacrifiée à la sûreté de la patrie ; les détachements les postes avancés, le sont à la sûreté de l'armée, etc. Un Décius est un héros ; cent mille Décius seraient cent mille fous.

PROBITÉ.

La probité est la soumission volontaire à tous les droits des autres ; elle
est la pratique de tous les devoirs de
l'homme envers l'homme en général,
et envers l'homme en particulier ; elle
obéit, non à la force, mais à la justice des lois ; elle supplée même quelquefois à leur insuffisance , et elle
est la loi lorsque la loi manque. Elle
n'est point par elle-même une vertu,
parceque la vertu commence où les
devoirs finissent ; mais elle est la né-
gation de tous les vices, et par conséquent le commencement de toutes les
vertus : elle ne donne, à la vérité, que
ce qui ne peut être refusé ; mais elle
ne refuse jamais, elle ne balance pas

même; et l'honnête homme délibère aussi peu pour donner sa vie à sa patrie, qui la demande, que pour acquitter la dette la plus légère envers l'ami qui lui a rendu service.

Je ne sais si l'abus du mot *honnête homme*, qui s'est introduit dans notre langue, fait honneur à notre nation; mais je sais que, si en le prononçant on songeait à tout ce qu'il contient, on n'oserait point le donner à des gens dont on n'a aucun bien à dire. Qu'on examine, pour s'en convaincre, cet homme à qui des mœurs pures, un cœur droit, un caractère franc, une vie irréprochable, ont mérité le titre d'honnête homme : il n'est point au milieu d'un tourbillon de gens frivoles, incapables de le priser et indignes de le connaître; nous ne le cherchons point au faîte des grandeurs, dans des places où il est d'autant plus rare qu'il y serait plus utile : ces places sont dues au mérite, mais données par la faveur ; et l'on sait trop que la faveur et le mérite ne se cherchent jamais, et ne se rencontrent que par hasard. Nous trouverons bien plus facilement l'honnête homme que nous cherchons, dans un rang moins élevé, coulant, au sein de ses amis et de sa famille, une vie tranquille et pure : il est peut-être inconnu au reste de la terre ; mais il est adoré de ceux qui le connaissent : il ne craint point l'obscurité, parceque le vrai mérite ne sent point le besoin d'admirateurs, et qu'il est du nombre de ceux qui aiment mieux pratiquer la vertu que la montrer. Je le suppose, avec raison, ami de la retraite et de la campagne ; il n'est pas fait pour le monde, parce-

12

que l'ambition ne parle point à son cœur, et que la volupté ne lui parle plus. Le nom que nous lui donnons semble supposer qu'il a passé le milieu de sa carrière, nom plus difficile à mériter que celui de héros : l'un n'est quelquefois que la récompense d'une belle action ; l'autre est celle d'une belle vie.

La première vue nous le fera reconnaître ; sa vie est écrite sur sa figure : ses traits, déja altérés par l'âge, ont conservé les impressions des beaux sentiments qui l'ont dominé ; on voit que sa bouche ne s'est jamais ouverte pour le mensonge ; on ne découvre point sur son front les traces de l'inquiétude et des remords ; son regard est serein comme son ame ; ses yeux ne se ferment point à la rencontre des yeux des autres ; enfin son air ouvert annonce qu'il n'a jamais rien eu à cacher. Le premier usage qu'il a fait de la vie a été d'apprendre à vivre ; l'amour du devoir a devancé dans son cœur l'amour du plaisir, et l'a toujours dominé ; ses premiers regards se sont ouverts à la vérité ; ses premiers desirs ont tendu au bien ; sa première étude a été de s'instruire de toutes ses obligations envers les autres, non pas pour ne leur rendre que ce qu'il leur devait, mais pour leur rendre tout ce qu'il leur devait. Il a été, dans son adolescence, l'amour et la consolation de ses parents ; il a consacré sa jeunesse à l'état, il doit son âge mûr à sa famille, et mourra payé de ses travaux, s'il revit dans des enfants qui lui ressemblent.

PHILOSOPHIE.

Ce mot est bien vague, parceque son sens est bien étendu. Il embrasse toutes les idées et toutes les actions des hommes. C'est la connaissance de l'univers et de soi-même, en un mot c'est la perfection de l'esprit et du cœur humain. L'art de voir les choses comme elles sont est un grand art. Que de bandeaux à déchirer ! que de voiles à lever !

Il y a deux grandes parties dans la philosophie ; l'une est hors de nous, l'autre au-dedans ; l'une apprend à connaître, l'autre à agir ; enfin l'une serait indifférente si l'autre n'était pas nécessaire. Laissons la spéculative, où il est permis de se tromper, parcequ'on ne fait tort qu'à soi, pour parler de la pratique, où toutes nos erreurs sont nuisibles aux autres; et voyons ce que c'est que la philosophie sous ce point de vue.

A quels traits connaîtrons-nous le véritable philosophe? Il en porte trois principaux : c'est l'homme le plus libre, le meilleur, et le plus heureux; il est, dans la foule de ses semblables, celui qui voit le plus clair, et qui marche le plus droit; c'est celui qui a le plus de commerce avec lui-même, et le moins besoin des autres; c'est lui enfin à qui la raison est ce que les passions sont au reste des hommes.

Le premier pas à faire vers la philosophie, et pour ainsi dire tout le chemin, c'est d'être maître de soi; c'est de briser mille jougs que l'éducation, l'ignorance, les passions, nous imposent; c'est de mettre sa raison en liberté. Nous avons tous plus d'esprit qu'il n'en faut pour nous bien conduire; notre défaut vient de ce que nous n'osons pas raisonner, de peur de nous condamner nous-mêmes. En nous consultant, nous serions sûrs de nous donner un bon avis; mais nous aimons mieux en suivre un mauvais, parcequ'il est tout donné, parcequ'il est plus conforme à nos fantaisies, parceque nous croyons desirer ce que nous ne desirons pas. Nous prenons notre éblouissement pour de la lumière. Nous sommes presque tous, moi le premier, comme des pilotes qui aimeraient mieux régler leur navigation sur de légers météores que sur les astres.

S'il y a un philosophe sur la terre,

il a fait tout le contraire : il a jeté un coup-d'œil général sur tout le genre humain ; il est ensuite revenu sur lui-même, et il a médité sur les moyens d'être plus heureux que les autres. Il a vu que le bonheur est placé par la nature plus près de nous qu'on ne le croit ordinairement. Le bonheur est presque toujours dans la condition où le sort nous a placés, dans le pays où nous sommes destinés à vivre. Si les circonstances nous en éloignent, il nous suivra par-tout : nous le trouverons sous la cabane du berger, et même dans les palais des rois. Restons-nous au milieu de nos compatriotes et de nos égaux, sommes-nous jetés par la tempête dans une île déserte, ou chez un peuple barbare, il y habitera avec nous, semblable à l'astre du midi, qui, placé perpendiculairement sur la tête du voyageur, lui paraît s'arrêter ou marcher avec lui.

Le philosophe a donc reconnu que le bonheur est par-tout, quoiqu'on ne le trouve nulle part. Il lui suffit d'ouvrir les yeux pour le voir, et d'étendre la main pour le saisir ; et, entre tous les hommes lui seul aura cette force : il étudiera ses besoins et ses goûts ; il connaîtra que les rapports qui le lient aux autres hommes sont trop intimes pour que son bien puisse être dans leur mal ; il examinera tous ses desirs avant de les satisfaire, sur-tout il se garantira de la dépendance des autres : on en dépend de deux manières, en leur commandant, ou en leur obéissant ; et, dans la nécessité, il optera pour la seconde, parcequ'elle ne lui attirera la haine de personne ; il craindra les honneurs et les richesses, parcequ'ils entraînent l'abus à leur suite ; il aimera ses semblables, parceque c'est une manière de s'aimer soi-même ; il ne sera point amoureux, parceque les amants se trompent du plaisir au bonheur, quelquefois même du tout au tout ; enfin il passera sa vie avec lui-même, parceque c'est la meilleure compagnie qu'il puisse avoir.

SUR LES MÉMOIRES
DU COMTE DE GRAMMONT

PAR ANTOINE HAMILTON.

LEQUEL doit le plus à l'autre, du comte de Grammont ou d'Hamilton? Le premier a fourni au second un modèle que celui-ci a pris plaisir à peindre dans toutes sortes d'attitudes, et qui dans chacune lui offrait une grace propre à faire briller la sienne : d'un autre côté, le personnage français, dont on ne parlerait pas sans ces Mémoires, est redevable à l'anglais d'un renom qui, selon toute apparence, durera plus long-temps que celui de beaucoup d'hommes d'un mérite beaucoup plus vrai: *Carent quia*

vate sacro. Chacun d'eux a trouvé
précisément ce qui lui convenait ; au
plus frivole des héros il fallait le plus
léger des panégyristes ; on crut voir
une fine poussière de pastel que le
moindre souffle aurait pu dissiper, et
qu'une main délicate a su fixer. Hamilton s'était cru, sans doute, obligé
à contribuer, pour sa part, à la dot de
sa sœur (1). Il a payé Grammont en
célébrité ; c'est une monnaie qui n'est
pas à la disposition de tout le monde.

(1) Le comte de Grammont avait fait une
promesse de mariage à la sœur d'Hamilton. Ce
dernier ayant appris que le comte venait de
quitter l'Angleterre, courut après lui, et l'at-
teignit sur les côtes de France. Du plus loin
qu'il l'aperçut, il lui cria : M. le comte, vous
avez oublié quelque chose en Angleterre ? —
C'est vrai, répondit le comte ; *j'ai oublié d'é-
pouser votre sœur, et j'y retourne tout exprès*,
et il tint parole.

mais qui a cours dans tous les pays et dans tous les temps ; et, certes, jamais il ne s'est fait de présent de noces de plus grand prix ni de meilleur goût.

Depuis plus d'un siècle, il n'y a dans toute l'Europe presque personne un peu au-dessus de la classe la plus igno- rante, qui ne connaisse ou qui ne croye connaître le comte de Grammont, comme si nous avions tous vécu avec lui : on sait, du reste, qu'il n'est rien moins que parfait ; mais on lui trouve une physionomie qu'on aime encore mieux que la régularité ; tout plaît en lui, jusqu'à ses défauts ; et la plupart le regardent, sur la parole d'Hamil- ton, comme l'homme de la meilleure compagnie de son temps. Je pensais de même lorsque j'en étais encore à mes premières impressions, lorsque

la gaieté me paraissait le premier des
charmes ; la vogue, la première des
gloires, et le plaisir, le premier des
biens ; mais, comme si chaque saison
de la vie nous apportait d'autres yeux,
j'ai cru démêler que M. de Grammont
avait été traité par ses contemporains
avec une indulgence qui, selon moi,
ne leur fait pas grand honneur, et que
les patentes d'homme parfaitement aimable lui avaient été expédiées par
son beau-frère à trop bon marché.

Je sais qu'il reste encore beaucoup
de partisans au comte de Grammont,
très honnêtes gens d'ailleurs, mais qui
n'auront peut-être pas eu autant de
temps que nous pour se détromper,
et je crois les entendre me dire : Et
quoi ! l'homme aimable n'est-il donc
pas celui qui se fait aimer ? Voyez le
comte de Grammont, il s'est fait aimer

par-tout. Que faut-il de plus, à votre
avis? Je serais tenté de répondre : Au
moins des qualités, si ce n'est des
vertus. Tout comme il vous plaira,
dira-t-on; mais un comte de Grammont n'est point de la juridiction d'un
Aristarque, eût-il eu en effet tous les
défauts, tous les vices même qu'il vous
conviendra de lui donner. Il s'est fait
aimer. Que ce soit à tort ou à raison!
ce mot-là répond à tout. Ses agréments l'ont emporté sur ses défauts,
et c'est un triomphe de plus. En effet,
ajouteront ces défenseurs officieux,
supposé deux hommes, dont l'un aurait beaucoup de mauvaises qualités,
tandis que l'autre n'en aurait que de
bonnes, et qui réussiraient tous les
deux également; le premier ne l'em-
porterait-il pas visiblement sur l'autre, puisque tous les reproches qu'on

pourrait lui faire seraient autant d'obstacles à ses succès, et qu'il aurait en
lui de quoi vaincre ces obstacles,
comme un vaisseau qui marcherait à
vent contraire aussi vite qu'un autre
avec un vent favorable serait incom-
parablement meilleur voilier? Je ne
vois, je l'avouerai, rien à opposer à
de pareils raisonnements; on pourrait
même les porter plus loin, car (j'ai
honte de le dire) la corruption, loin
d'être un empêchement aux triomphes d'un homme à la mode, ne fait
que les faciliter; elle le met plus en
rapport avec le grand nombre, qui ne
vaut jamais grand'chose: la vertu, la
grandeur, la loyauté même, lorsqu'elles sont généralement reconnues, in-
spirent je ne sais quelle estime inquiète
capable de nuire à la confiance qui
naît de l'égalité. On interrompit à

Rome une comédie (sans doute un peu libre) à l'arrivée de Caton. Donnez à M. le duc de Montausier quatre fois plus d'esprit, si vous voulez, qu'Hamilton n'en prête au comte de Grammont, conservez - lui d'ailleurs son noble caractère, et produisez-le à la sémillante cour de Charles II, et vous verrez s'il y aura les mêmes succès. Les hommes, plus ou moins entraînés par le tourbillon de la folie régnante, croient toujours lire un jugement sévère sur le front du sage, et le convive qui ne goûte aucun de vos mets, attriste le festin. Nous avons, tous tant que nous sommes, réciproquement besoin de nos défauts pour nous supporter entre nous, sans quoi quelques uns seraient trop redoutés, et les autres trop humiliés : et quelle figure ferait, je vous prie, un habit

13.

brodé au milieu d'une cohue? Hélas!
sauf respect, la cohue c'est le monde;
et je ne sais pas trop si tels ou tels
(mais en bien petit nombre) ne fe-
raient pas bien de cacher une partie
de leur mérite, comme tels ou tels
une partie de leur esprit. La première
règle ici-bas est de parler une langue
que chacun entende, et de ne point
mettre au jeu plus qu'on ne peut tenir. *Sois sage avec le sage*, dit un
poëte grec, *et ris avec le fou*. Je ne
voudrais point, à beaucoup près, étendre ce principe social à toutes ses con-
séquences; il menerait l'homme aimable un peu trop loin de l'homme
estimable; mais il n'en est pas moins
vrai qu'un très grand mérite est un
privilége dont on ne doit pas plus faire
parade que des autres, sans quoi ce
mérite-là manquerait du premier de

tous les mérites, de celui qui sert à-
la-fois aux autres de voile et de lustre,
la modestie. C'est à cela peut-être que
nous devons la salutaire institution de
la politesse, qui n'est pas, à beaucoup
près, la modestie, mais qui lui ressemble du moins comme le verre au
diamant; elle ne laisse pas, quelque
superflue que souvent elle paraisse,
de prévenir, au moins en apparence,
toute espèce d'abus de supériorité;
c'est elle qui nous rend, tous tant que
nous sommes, un peu moins redou-
tables, un peu moins haïssables les
uns pour les autres; elle a fondé pour
jamais, dans tous les rangs de la société, un échange d'égards dont on
se trouve bien; enfin elle a établi entre les hommes un certain niveau,
une certaine parité fictive absolument
nécessaire à l'agrément de leur com-

merce, en conseillant à tous ceux qui
pourraient avoir des avantages trop
marqués sur leurs pareils, de les dissi-
muler, comme on voit dans la conversation les hommes d'une taille élevée
s'incliner par un mouvement naturel,
pour se mettre à la portée de leurs
voisins d'une moins grande taille.

Au reste, le comte de Grammont
n'aura pas eu besoin de descendre de
bien haut, en fait de morale, pour se
mettre au niveau des plus audacieux
libertins de son temps ; on était plus
tolérant sur cet article alors qu'on ne
le serait même aujourd'hui ; et un
coup d'œil rapide sur l'époque où il a
brillé, suffirait pour répondre à tous
les détracteurs des temps où ils vivent,
et les corriger de répéter à toute heure
que jamais ce qu'on voit ne vaudra ce
qu'on a vu. On dirait, à les entendre

gémir les uns après les autres, de génération en génération, qu'il n'y avait
de vertu, de raison, de sagesse, de
décence, que pour nos aïeux. Horace
lui-même (qui, à la vérité, n'en était
pas plus triste pour cela, ni plus sage)
avait emprunté des Grecs ce qu'il nous
dit sur la détérioration successive de
l'espèce humaine :

Damnosa quid non imminuit dies.

Nos poëtes, à leur tour, ont rendu
en cent manières l'affligeante strophe
du bon Horace, et ces jérémiades
poétiques ont retenti dans les poésies
de toutes les langues. La prose n'est
point restée en arrière ; les mêmes
idées ont passé des écrits dans la conversation, et, par degrés, des plus nobles conversations dans les plus misé-
rables radotages, au point que la der-

nière marchande de marrons, pour
peu qu'elle parle des choses de ce bas
monde, est là-dessus d'accord avec
tous les poëtes grecs et latins, et qu'elle
ne cesse de répéter sans s'en douter,

Ætas parentum pejor avis.

Voilà sur quoi roulent de temps im-
mémorial, et les gémissements des
vieilles, et les complaintes des vieillards, et les éternelles improbations
des pédants, ces vieillards précoces,
les plus ennuyeux de tous. On dirait,
à les entendre, que le monde, au re-
bours des hommes, est parti d'une
enfance parfaitement sage pour arriver, en vieillissant, au comble de la folie : et ne voudraient-ils pas nous faire
tous rougir de n'être pas morts au
moins quelques siècles avant notre
naissance? Le fait est que le genre hu-

main n'a jamais été ni meilleur ni plus
sage que nous ne l'avons trouvé en y
entrant. Toujours composé des mêmes
éléments, incessamment recruté de la
même espèce d'hommes, il aura toujours, comme la plupart d'entre eux,
de bons et de mauvais moments, des
absences d'esprit, et des intervalles
lucides.

Mais c'est particulièrement ce qu'on
est convenu d'appeler le *grand mon-*
de, qu'on accuse et qui s'accuse lui-
même d'aller toujours de mal en pis;
et l'on feint de ne pas voir les pas qu'il
fait de temps à autre vers un vrai per-
fectionnement. Cependant cette classe, même la plus en butte à la cen-
sure, a gagné, sous plus d'un rapport,
chez nous depuis la régence, et chez les
Anglais depuis Charles II. On dit communément que les mœurs des nations

dépendent beaucoup des chefs qui les gouvernent; mais elles s'en ressentent encore plus quand ils ne gouvernent pas. Nous avons tous, depuis les moins sensés jusqu'aux plus sages, des passions folles, des penchants vicieux, pour qui toute règle est une entrave dont ils ne manqueront jamais de se dégager à la première occasion : semblables à des écoliers pétulants que la surveillance contient, mais qui n'attendent que l'absence, ou seulement la distraction du maître pour quitter la leçon, et commencer le tapage. Que sera-ce donc quand le maître lui-même, comme en Angleterre, à l'époque de ces Mémoires, sera l'un des moins sages de tous? On en peut juger par l'histoire de ce bon roi Charles, dont le règne était devenu celui des fêtes de la folie, de la licence, époque

mémorable dans les fastes de la futi-
lité, et qu'on pourrait appeler *le long
carnaval de l'Angleterre*, si la corruption n'avait pas oublié d'y prendre
un masque. On conviendra que le
chevalier de Grammont ne pouvait
pas mieux saisir son moment pour se
faire exiler, ni mieux choisir le lieu
de son exil, devenu bientôt le théâtre
de ses exploits. On eût dit que l'extra-
vagance, la débauche, et l'insolence
réunies, lui avaient donné une mis-
sion expresse pour prêcher leur doc-
trine dans la très sérieuse ville de
Londres, y planter par-tout leurs en-
seignes, et faire de leur culte la religion dominante. Au reste, il n'était pas
seul, et le fameux comte de Rochester,
aussi bon apôtre que lui, avec quelques autres de la même robe, eurent
part à l'entreprise, et l'on voit dans

14

Hamilton combien les nouvelles con-
versions furent promptes et nombreu-
ses. Je ne sais s'il se trouverait de nos
jours, même parmi nos plus jeunes
gens, quelque tête assez vide pour
imaginer que c'était là un bon temps;
mais il suffirait d'avoir eu en sa vie
une légère expérience de ces c'.oses
pour ne pas le penser; et même fût-on
encore dans l'âge des jeunes et riantes
illusions du cœur et des sens, pour
peu que d'un autre côté l'aurore du
jugement commence à poindre, on
ne tarde pas à reconnaître que les
plaisirs ne sont pas le bonheur, et sur-
tout que la folie n'est point le plaisir.

Qu'est-ce, en effet, que cette ridicule parodie de l'amour, cette ga-
lanterie froide et moqueuse, toujours
mêlée de fatuité, toujours vide de
sentiments, toujours envenimée de

malice, qu'Hamilton nous peint comme la seule occupation, le seul intérêt, la seule affaire du palais de Saint-
James? Ce n'était plus une cour, c'é-
tait une lice, une arène, où toutes les
femmes, sous les armes, défiaient ou
du moins paraissaient défier tous les
hommes de les vaincre, et où tous les
hommes, à leur tour, défiaient toutes
les femmes de leur résister ; sorte de
tournoi bizarre qui avait ses conven-
tions, ses usages, ses formules, ses
règles, et qui, si l'on en croit le peu
de partisans qui lui reste, présentait
quelque chose de l'ancienne cheva-
lerie. Elle la représentait ; soit ; mais
au courage, à la loyauté, à la vraie
noblesse près : ici, aucune bonne in-
tention, aucun prétexte plausible ne
se laissait entrevoir. Et qui d'entre ces
modernes champions aurait osé se

vanter que ce fût pour le maintien
de l'ordre, pour la tranquillité publique, pour la protection de l'innocence, ou seulement pour faire jusque
dans ses jeux des preuves d'une vail-
lance, d'une force, ou d'une adresse
qui pouvaient tôt ou tard devenir utiles à la patrie? Non, dans ces temps
de joyeux loisir, nos braves ne com-
battaient que contre l'innocence et
la vertu, qui se défendent du mieux
qu'elles peuvent, mais qui n'ont point
d'armes offensives; en sorte qu'elles
avaient tout à redouter de leurs agres-
seurs, sans qu'ils eussent rien à craindre. Tout bonnement c'était la guerre
aux femmes, qui ne forme pour aucun
autre genre de guerre; et malheureusement c'était, de toutes, celle qui paraissait le mieux convenir à l'humeur
du comte de Grammont. Ce n'est pas

que son beau-frère ne mette beaucoup
d'importance à nous vanter de prétendues prouesses dont la plus mer-
veilleuse est d'échapper, par la vitesse
de son cheval, à quelques cavaliers
ennemis qui essayaient de lui couper
son chemin. Encore une fois, ses vrais
triomphes l'attendaient auprès des
femmes; c'était, comme nous l'avons
dit, la guerre pour laquelle il se sen-
tait le plus d'attrait; et cette guerre
encore comment la faisait-on dans ces
temps si peu dignes de l'histoire? Le
véritable amour, ce noble principe
de tant de nobles mouvements, cette
excuse presque légitime, au moins
toujours graciable, de tant d'erreurs
et de fautes; l'amour, dis-je, n'était
que bien rarement de la partie dans
de telles entreprises. Eh! qui pourrait
en soupçonner le comte de Gram-

mont? Hélas! ce n'était pas même le
goût du plaisir; ces messieurs en étaient
trop rassasiés pour y être bien sensibles! Le vrai goût du plaisir, que d'ailleurs nous sommes loin de préconiser,
n'a besoin que du plaisir; mais pour
un comte de Grammont, pour un Rochester, pour leurs soi-disant amis,
leurs compagnons, ou plutôt leurs
complices, ce n'était pas toujours l'im-
pétuosité du desir ni une ivresse pas-
sagère qui décidait du sort de la victime; c'était souvent un simple projet
conçu de sang froid, ou un défi porté
le verre à la main, ou seulement un
pari fait et stipulé devant témoins;
enfin c'était toujours je ne sais quelle
ambition de paraître plus heureux,
plus adroit, plus scélérat que tous ses
concurrents, avec l'espérance flatteuse
de pouvoir après divulguer malicieuse-

ment ce que l'honneur, la sensibilité,
la probité, la compassion même, com-
mandaient de cacher. Voilà leurs motifs dans cette singulière profession ; le
plaisir de se vanter a presque toujours
été pour eux le premier des plaisirs. On
ne se donne un bel habit, disait depuis
un homme de la secte, que pour le montrer ; et si, par impossible, un d'entre
eux avait eu à choisir entre le triomphe
le plus desirable, mais par malheur
pour lui sans la moindre publicité,
ou la publicité de ce même triomphe,
mais sans la réalité.... Je connais les
fats ; notre homme n'aurait point eu
un moment d'hésitation, tant il est
vrai que dans leurs entreprises ces
brillants paladins cherchaient moins
le profit que l'éclat.

Pendant cette extravagante épidé-
mie, que devenait l'esprit ? On le voit

assez dans le cours de ces Mémoires.
L'esprit, pour cette brillante élite,
était sur-tout l'art de se passer de sens
commun ; il s'en allait par évapora-
tion ; ceux qui en avaient le consu-
maient presque en entier en folles
dépenses, et n'en conservaient point
assez pour en faire un usage vraiment
honorable : dans ce monde-là, on regardait ce don si précieux uniquement
comme un moyen de s'amuser des choses et des gens; et l'on n'avait, à proprement parler, de l'esprit que pour rire,
ou pour faire rire aux dépens du tiers
et du quart. On se contentait de viser à
ce qu'on appelait alors le bon ton, les
grands airs, les belles manières, à une
certaine élégance de convention, à
un maintien impertinent qui devenait un attribut exclusif des gens de
cette classe, et qui les faisait distin-

guer, au premier coup d'œil, de la
tourbe des honnêtes gens. Du reste,
ce n'était presque par-tout entre eux
qu'un ridicule jargon de bal, une
fausse finesse dans les pensées, une
froide afféterie dans les expressions,
un cynisme éhonté soutenu par de
prétendues graces, toujours alarmées
de ce qui leur ressemble, toujours
méprisantes pour ce qui ne leur ressemble pas ; et, par-dessus tout, ce
persiflage habituel, si facile, si utile
à la médiocrité suffisante : triste et
cruel divertissement du sot orgueil,
qui cherche toujours à déprimer pour
primer.

Voilà, si je ne me trompe, à-peu-
près l'idée qu'avec un peu d'expérience
et de réflexion on peut se former de
l'esprit qui devait régner parmi tous
les élégants de la très libre cour de

Charles II, et qui règne peut-être encore aujourd'hui parmi ceux (comme
il n'y en a que trop) qui croient ne
pouvoir faire mieux que de marcher
sur leurs traces. Certes, avec de tel
entours, supposez un esprit aussi dis-
tingué qu'il vous plaira, et qui, dans
toute autre circonstance, aurait pu
être le plus lumineux, le plus étendu ; il se sentira gêné, resserré dans le
cercle étroit de la frivolité, de la fa-
deur, de la malice ; et, eût-il reçu les
ailes de l'aigle, il sera réduit au vol
du papillon. N'attendez de lui désor-
mais rien de bon, ni de fort, ni de
grand ; il n'aura plus même le droit
d'être raisonnable.

Mais revenons au comte de Grammont. Au fait, cet illustre et rare modèle, proposé, en quelque sorte, à
l'imitation de tous les roués passés

présents, et futurs, avait-il donc
tant d'esprit? J'ai soigneusement c' er-
ché dans tous les traits charmants
dont toutes les pages de ce livre sont
semées ceux qui pouvaient apparte-
nir en propre à cet homme singulier;
je n'ai trouvé que des espiégleries,
des moqueries, des niches, des tours
de pages, un ou deux contes assez plai-
sants, qui toutefois pourraient bien
devoir une bonne partie de leur sel à
celui qui les redit; du reste, pas un
mot qui soit vraiment remarquable,
rien qui ait pu se passer du crédit
d'Hamilton pour arriver jusqu'à nous;
aucune élévation, aucune profondeur,
aucune étendue, aucune générosité,
aucune sensibilité, rien qui puisse an-
noncer un général, un négociateur,
un administrateur, un écrivain. Tout
son mérite est dans sa gaieté, et se

borne au perfide talent d'amuser quelques princes, et de s'amuser aux dépens de quelques malheureux. Enfin, écartez un moment la parfaite dorure d'Hamilton, j'ai peur que vous ne trouviez que du cuivre et du vert de gris.

En vain m'opposerait-on ici toutes les femmes qu'il a eu l'art de séduire; je répondrais à-peu-près comme Pascal pour les moines : Les femmes ne sont pas des raisons, et ces femmes-là encore ! Écoutez le comte de Glocester, écoutez miss Hubart. Le beau triomphe que de séduire des femmes qui veulent absolument être séduites, et qui, si vous vous obstiniez à rester bien tranquilles, finiraient par faire pour vous ce que vous faites pour elles! d'ailleurs, à quoi sert l'esprit, lorsque l'argent suffit? Or, si nous en croyons Hamilton lui-meme, la plupart des

succès du comte de Grammont à Tu-
rin et à Londres sont dus à sa magnificence. Cette magnificence était ali-
mentée par les profits du jeu, et ces
profits immanquables coulaient de
source, mais d'une source que Mata
nous a découverte.

M. de Turenne, diront les partisans
du comte de Grammont, n'était point,
à beaucoup près, aussi sévère que vous
pour le héros d'Hamilton, et cependant il avait bien droit de l'être. Oui,
sans doute; mais M. de Turenne, qui
aurait pu être le plus éclairé des juges,
était en même temps le plus indulgent
des hommes; et malheur à qui jugerait toujours! La sagesse du grand
homme descendait quelquefois jusqu'à la gaieté. D'ailleurs il ne voyait
que le début du comte de Grammont,
nous voyons sa vie; il se divertissait,

15

comme de raison, des folies d'un jeune officier, encore trop enfant pour qu'on pût lui demander autre chose. Il riait de cette partie de jeu soutenue par un piquet de cavalerie, et du cheval laissé aux cartes; et il en riait, parce-que, grace au ciel, le rire n'est interdit ni à la vertu, ni au génie; mais il disait en même temps qu'il desirait vieillir pour voir ce que deviendrait le chevalier de Grammont. M. de Turenne ne pouvait pas faire une épigramme plus douce et en même temps plus forte, lui qui sûrement connaissait aussi bien les hommes qu'il les conduisait; c'était dire qu'il le croyait trop fou pour devenir jamais raisonnable.

Maintenant, pour en revenir à la licence et à la dépravation de ces temps, dont la peinture nous choquerait autant qu'elle nous amuse, si elle

était d'une autre main ; certes, nous
n'ignorons pas tous les sarcasmes que
sur ce point les nations étrangères se
permettent sur la nôtre, et, tout en
souriant de pitié à de grossières exa-
gérations, nous convenons franche-
ment que nous en avons quelquefois
mérité une partie. Mais je doute que,
dans les époques dont nous aurions
le moins à nous glorifier, on puisse en
citer une comparable au règne de
Charles II, tel du moins qu'Hamilton
se plaît à nous le montrer ; et cependant ce n'est point, à beaucoup près,
un satirique atrabilaire, ce n'est pas
un censeur rigide, pas même un his-
torien impartial ; c'est un homme qui
en parle bonnement, qui rit de tout
cela, qui s'en amuse, et qui paraît, si
je ne me trompe, en avoir pris sa petite part.

Comment néanmoins s'armer de sévérité contre l'homme qui a su faire tant de plaisir? Tout ce qui manque au mérite du comte de Grammont ajoute à celui d'Hamilton, et prouve que rien n'est impossible au talent ni difficile à la facilité. L'auteur semble avoir tout exprès choisi l'homme dont il nous donne le portrait toujours vivant, et dont il sait conserver les traits en leur prêtant ses graces, pour nous prouver que l'esprit peut disposer de la renommée en faveur de qui lui plaît. Aussi peut-on regarder ce livre charmant comme un monument à jamais durable que la gaieté, la grace, le bon goût, et le bon ton réunis, ont élevé de concert à la frivolité. Mais il fallait pour cela le style d'Hamilton, ce style entraînant à force d'être coulant, qui semble tenir une moyenne proportionnelle entre une aimable conversation et une composition élégante; ce style qui vous dégoûte également de tout ce qui aurait moins d'esprit, et de tout ce qui essaierait d'en montrer davantage; ce style qui cache l'art sous le naturel, et le travail sous l'air de l'abandon; ce style qui, en nous offrant tout avec un même air de vérité, sait fixer l'attention sur ce qui en est digne, et lui dérober subtilement tout ce qui pourrait la révolter.... Modèle presque parfait, et par conséquent presque unique en son genre, mais que peu d'écrivains sont appelés à imiter; car, pour suivre un oiseau, il faut des ailes.

15.

PORTRAIT

DE

MADAME DE BOUFFLERS.

L'esprit, la grace, la gaieté, la vérité, la bonté, composaient en quelque sorte toute sa personne ; mais ces qualités si précieuses étaient accompagnées d'une simplicité naturelle qui leur prêtait encore plus de charmes, et d'une délicatesse en tout genre qu'il faudrait pouvoir emprunter pour essayer d'en donner une idée. Sa figure, même à la fleur de son âge, n'avait jamais été, à proprement parler, ni belle, ni jolie ; mais elle était aux plus jolies ce que les plus jolies sont quelquefois aux plus belles, elle plaisait davantage. La blancheur éblouissante de son teint, la beauté particulière de ses cheveux, la perfection de sa taille, la légèreté de sa démarche, la noblesse de son air, et, par-dessus tout, l'expression, la vivacité, la variété, la singularité de sa physionomie, l'avaient autrefois distinguée entre les jeunes femmes de son temps. Elle conserva jusque dans l'âge avancé une partie de ces premiers avantages qui lui avaient fait tant d'adorateurs et tant d'ennemies; et ce que les femmes ne sauraient disputer au temps, elle sut le remplacer, peut-être avec usure, par tout ce qu'un esprit, aussi observateur en effet que distrait en apparence, apprend à recueillir sur la route de la vie.

Madame de Boufflers ne jouit d'abord ni de tout le bonheur, ni de tous les succès qui sembleraient dus à l'enfance ou à la première jeunesse d'une personne destinée à tant de célébrité. Peut-être qu'un peu sauvage, un peu capricieuse dans ses premières années, elle n'avait pas encore annoncé ce qu'elle de-

vait être ; semblable aux meilleurs fruits,
qui sont quelquefois les plus acides en
attendant leur maturité. Il se pouvait
aussi que, dans une grande quantité de
frères et de sœurs, presque tous également distingués par quelque genre particulier d'agrément ou de mérite, la prédilection des parents se fût arrêtée sur
d'autres. Quoi qu'il en soit, Marie Daul-
ray (c'était son nom de fille) n'en conçut
ni dépit, ni jalousie ; mais l'indépen-
dance de son caractère, l'insouciance de
son humeur, sa dissipation, sa gaieté,
son espiéglerie même, la rendaient
moins sensible à la privation de ces
douces caresses, premier tribut que la
nature ordonne de payer à l'enfance.
Jamais les préférences qu'elle voyait
accorder ne lui parurent injustes ; et,
comme si dès-lors elle avait connu ses
intérêts, elle trouvait tout naturel qu'on
fût aimé en proportion de ce qu'on
plaisait.

Peu après son mariage elle fut con
duite à Paris, pour être présentée à l:
marquise douairière de Boufflers, s:
belle-mère, fille du défenseur de Lille
et veuve d'un parent de son nom, à qu
le maréchal de Boufflers l'avait donnée
en récompense d'une action brillante
qu'il lui avait vu faire à la bataille de
Malplaquet. La voilà donc en route, ne
rêvant jour et nuit, comme toutes les
jeunes femmes en pareille circonstance,
qu'aux fêtes, aux plaisirs, aux divertis-
sements de tout genre qui devaient l'attendre à Paris; car Paris n'a jamais plus
de charmes que dans la pensée de ceux
qui y vont pour la première fois. Elle
arrive enfin; mais quelle surprise! lorsqu'en descendant de voiture elle est re-
çue dans des appartements tendus en
serge noire et grise, du fond desquels
elle voit venir à sa rencontre une personne infirme, qui, par sa pâleur, sa
maigreur, la lenteur de sa démarche, la

singularité de son costume, ressemblait plutôt à une ombre funèbre qu'à un être vivant. C'était madame de Boufflers la mère, qui, en perdant son mari, avait fait vœu de ne jamais quitter son premier deuil. Mais cet extérieur effrayant, ces vêtements lugubres, ces tristes entours, cette physionomie à-la-fois mourante et sévère, cachaient une ame douce, une bonté touchante, une raison ornée, une piété indulgente, un esprit solide, juste et pénétrant, qui, à travers le trouble et l'embarras de la nouvelle arrivée, sut de bonne heure entrevoir de rares qualités, comme autant de pierres fines encore à moitié enfermées dans leurs gangues. La jeune personne, de son côté, malgré le peu de rapport des âges, des idées, et des penchants, vit une facilité, une condescendance, une faiblesse même à son égard, qui la touchèrent jusqu'au fond du cœur. La sévérité qui s'attendrit acquiert tant de

pouvoir sur l'esprit qu'elle a d'abord in-
timidé! Aussi, loin de rester étrangères
l'une à l'autre, la belle-mère et la belle-
fille eurent bientôt conçu réciproquement une affection aussi filiale d'une
part, que de l'autre elle était devenue
maternelle. Quelque temps après, le duc
de Boufflers, frère de la belle-mère, offrit à la belle-fille de venir loger chez
lui, dans une maison moins sérieuse, où
elle trouverait une société mieux assortie
à son âge et aux goûts qu'on pouvait lui
supposer. La duchesse de Boufflers, depuis la maréchale de Luxembourg, avec
qui elle allait habiter, était déja citée
pour une des personnes les plus aimables et les plus spirituelles de son temps;
mais, comme son humeur avait été de
bonne heure trop redoutée, et que son
ame n'était point encore assez con-
nue, on pouvait craindre que la marquise de Boufflers ne trouvât point dans
cette nouvelle demeure toute la satis-

faction qu'elle aurait pu s'en promettre.

Douées à-peu-près également des charmes de l'esprit et de la figure, à-peu-près
également appelées aux plus brillants
succès, chacune de ces deux dames pouvait dans l'autre voir une rivale; et rarement une rivale est vue de bon œil,
d'autant mieux que souvent, en pareille
circonstance, plus on est rapproché,
moins on est uni. Sous d'autres rapports,
l'éclat d'une grande fortune et un grand
état dans le monde donnaient à la duchesse de Boufflers une supériorité trop
visible, et dont il lui aurait été facile
d'abuser vis-à-vis d'une jeune parente
encore inconnue que le hasard mettait
dans sa dépendance, et qui pour tout
bien n'avait guère que sa grace et son
nom. Il n'arriva rien de ce qu'on aurait
pu craindre pour madame de Boufflers;
elle ne fut traitée ni en rivale, ni en pro-
tégée; et l'aimable tante ne se servit de
ses frivoles avantages que pour mieux
16

faire ressortir ceux de l'aimable nièce, en qui elle semblait avoir mis ses complaisances, et même son orgueil.

Il lui fallut revenir quelque temps après à Lunéville pour commencer à faire son service de dame du palais auprès de la reine de Pologne, femme du sage et bon roi Stanislas, et malheureusement bien moins en état que lui de sentir tout le prix du nouvel ornement de sa cour. Madame de Boufflers y fut de nouveau quelque temps méconnue ; mais bientôt ce prince, auprès de qui l'esprit et la grace étaient si bien recommandés par la grace elle-même et par l'esprit, conçut pour madame de Boufflers une prédilection paternelle, et la dédommagea, tant qu'il vécut, du peu de justice qui lui avait été rendue jusqu'alors.

Devenue à-peu-près toute-puissante dans cette charmante cour, madame de Boufflers ne songea plus qu'à répandre le

calme et la sérénité sur les jours que le
ciel réservait à celui de tous les vieillards
qui méritait le mieux l'immortalité. Elle
n'usa du crédit toujours croissant qu'il lui
accordait, que pour aider à le montrer
dans tout l'éclat de ses touchantes vertus,
pour essayer d'embellir encore la place
qui attendait Stanislas dans l'histoire,
pour en faire le consolateur d'un peuple
qui pleurait toujours le bon duc Léo-
pold, enfin pour que les dernières années de Stanislas devinssent, s'il se pouvait, les plus beaux jours de la Lorraine.... Et, en effet, sous les dehors les plus
agréables, sous cet air de légèreté, de
frivolité, quelquefois même d'inconsé-
quence, qui rend presque toujours les
aimables femmes encore plus aimables,
on pouvait déja remarquer en elle un
grand sens, avec un véritable desir du
bien général dont ses pareilles s'occupent si peu : il eût été facile d'en juger
par les avis directs ou indirects qu'elle

avait tous les jours occasion de donner
à son illustre protecteur, par le plaisir
qu'elle prenait à louer devant lui les nobles actions et les grandes ames, et aussi
par la valeur qu'elle attachait aux mots
de bon citoyen et d'homme public; ter-
mes peu en usage dans les conversations
de ce temps; mais que dès-lors, seule
peut-être entre toutes les femmes, elle
regardait comme le premier des éloges.

Cette petite cour si heureuse, si bien
composée, si regrettée de trop peu de
personnes qui en restent, ce paisible
asile où, après tant de travaux, de dangers, et de fortunes diverses, le noble
et digne ami de Charles XII semblait,
de son vivant même, jouir des honneurs
et des douceurs de l'Élysée, Lunéville
ne tarda pas à devenir le rendez-vous
d'une foule des plus beaux esprits du
siècle, que madame du Châtelet, d'une
part, et madame de Boufflers son amie
intime, de l'autre, savaient y attirer

Voltaire, Montesquieu, Helvétius, Tressan, l'abbé Morellet, La Condamine,
Saint-Lambert, et plusieurs autres dignes d'occuper une place dans une telle
société, formaient souvent autour du
philosophe bienfaisant un cercle dont
toutes les capitales et toutes les cours
auraient pu être jalouses.... Madame de
Boufflers n'y était point déplacée; et, si
elle admirait dans cette brillante élite à
quel point l'étude et le travail peuvent
étendre la raison et le talent, ils voyaient
en elle, avec autant d'étonnement peut-
être, un esprit riche uniquement de son
fonds, qui, sans effort, sans projet, et
même à son insu, pouvait s'élever jusqu'à leur portée, n'ayant que son goût
pour guide, pour parure que sa grace, et
pour inspiration que l'à-propos. Cependant ce plaisir si naturel, si flatteur pour
la femme la moins ambitieuse, celui de
se voir l'objet des hommages des premiers hommes de leur temps, avait peu de

charmes pour madame de Boufflers; elle
n'aimait de l'admiration qu'à la sentir,
et toute célébrité l'importunait, comme
des ornements sous lesquels on étouffe.
Cette même indifférence pour ce genre
de triomphe s'étendait à beaucoup d'a-
vantages d'un autre genre, et qu'il n'aurait tenu qu'à elle de se procurer; mais,
plus contente de peu que tant d'autres
de beaucoup; au-dessus de l'intérêt par
la modération, et de la vanité par la noblesse, elle n'a rien fait de ce qu'elle
aurait pu faire pour accroître une fortune trop bornée, ni pour acquérir une
plus grande existence dans le monde;
et son intérêt, ainsi que son mérite, a
toujours été celui dont elle a paru le
moins occupée.

On lui a reproché avec trop de raison
d'aimer le jeu. Elle y a souvent été mal-
heureuse; mais on peut dire aussi que
ses amis ne l'étaient pas moins, puisque
dans les heures qu'elle y perdait ma-

dame de Boufflers était perdue pour
eux. Au reste, dans les moments les plus
critiques, au milieu des plus grands ora-
ges, des naufrages même, dont le gros
jeu menace tous ceux qui ne craignent
pas assez de s'y embarquer, ainsi que
dans les autres circonstances fâcheuses
de sa vie, non plus que dans ses moments les plus brillants, on ne l'a jamais
vue déroger à cette noble égalité d'humeur, à cette franche liberté d'esprit
qui faisait le fonds de son caractère et la
base de son bonheur ; jamais abattue,
jamais enivrée, elle portait en elle-même
le contre-poids de toutes les inégalités de
la fortune.

Mais cette force et cette résignation
ne se montrèrent jamais mieux qu'à une
époque plus fatale encore, s'il se pouvait, pour elle que pour toute la Lorraine, à qui la mort inopinée de Stanislas, quoique arrivée beaucoup au-
delà du terme commun de la vieillesse,

a coûté tant de larmes, et si amères. Dès
ce moment même nous avons vu madame de Boufflers, inspirée par un courage égal à son malheur, adopter sur-le-
champ un nouveau plan de vie, comme
si elle avait perdu soudain tout souvenir
de sa position de la veille. Nous l'avons
vue sans aucun faste, sans aucune exagération dans l'exposition de ses regrets,
et ne pleurant de tout ce qu'elle perdait
que celui de qui elle l'avait tenu, chan-
ger d'existence comme on change de
vêtements. Nous l'avons vue s'éloigner
silencieusement de ce palais désolé, et
consacrée plutôt qu'abandonnée à sa
douleur, se retirer à Nanci dans une
maison modeste qui convenait à la simplicité de ses goûts, ainsi qu'à l'éton-
nante médiocrité de son revenu; alors
aussi, et nous aimons à le rappeler, à
l'honneur de nos compatriotes, tous les
services que dans ses années les plus
heureuses elle avait rendus à tant de fa-

milles lorraines, et avec tant de bien-
veillance, se présentèrent à tous les esprits à-la-fois : le peu de luxe qui l'en-
vironnait contrastait d'une manière sublime avec le rôle qu'elle venait de jouer ;
il donnait un nouveau prix à tout le bien
qu'elle avait fait ; et tous les hommages, que jusqu'alors on aurait pu soupçonner d'intérêt, furent légitimés par
l'hommage unanime de la reconnaissance.

Ce caractère, aussi aisé à juger que
difficile à définir, ne connut, à proprement parler, de sentiment profond que
celui de l'amitié ; sage et douce passion
que, dans tout le cours de sa vie, aucune
autre n'avait surmontée, et qui devint
à-la-fois la consolation et l'ornement de
sa vieillesse. Madame de Boufflers n'eut
que des amis fidèles, et elle leur en
donna l'exemple ; mais le constant objet
de ses plus tendres préférences fut, sans
contredit, M. le maréchal de Beauvau,

son frère, l'un des hommes les plus ac-
complis de son temps, en qui elle voyait
avec admiration les vertus, les qualités,
les agréments de tout genre dans leur
plus parfait accord et dans leur plus
juste mesure, et qui réunissait tout ce
qui peut enorgueillir une sœur à tout ce
qui peut charmer une amie.

Depuis la résolution de se fixer en
Lorraine, ni son frère, ni ses enfants
ne pouvaient payer sa tendresse de toute
l'assiduité qu'ils auraient desiré; mais,
aussi peu exigeante qu'elle était aimable,
elle vivait en pensée avec les absents, et
savait aimer de loin. Indépendamment
des liens naturels, elle en avait formé
d'autres qui ont montré sa constance à
soigner des amis, et son talent pour les
choisir. Près de cinquante années passées dans la plus étroite liaison, dans la
plus intime confiance avec M. Devaux,
lecteur du roi de Pologne, n'ont pas vu
entre eux un jour de mécontentement,

pas une minute d'ennui. La meilleure amie, depuis la mort de madame du Châtelet, fut de toutes les femmes la plus faite pour partager avec elle la palme de l'esprit; madame Durival, qui, pouvant de bonne heure se montrer son émule, préféra d'en faire son idole, et rend encore aujourd'hui à sa mémoire le culte le plus honorable pour toutes les deux. Je pourrais encore parler du besoin qu'elle avait de continuer toujours, jusque dans l'âge avancé, à exercer les doux soins de la maternité envers des enfants trop heureux de rencontrer une telle mère, depuis que les siens ne pouvaient plus être pour elle que des amis, et malheureusement des amis presque toujours absents. Parmi ces enfants adoptifs, il y en eut une sur-tout à laquelle son cœur semblait se méprendre, dont l'enfance et l'adolescence occupèrent délicieusement toute la vieillesse de madame de Boufflers, et dont les yeux, sans doute, ne pourront lire ces lignes sans se mouiller encore de larmes filiales.

Madame de Boufflers savait trop bien se faire aimer pour être aimée de tout le monde; elle a plus d'une fois excité la jalousie et la haine, sans avoir dans son cœur de quoi répondre ni à l'une, ni à l'autre. Sa vengeance la plus ordinaire était de ne pas y prendre garde, n'ayant que de l'indifférence ou tout au plus du mépris à rendre pour la malveillance la plus déclarée, et laissant presque toujours, en pareil cas, tout faire et tout dire à sa physionomie. Si quelquefois l'aigreur et l'amertume étaient portées contre elle au point de la forcer à y répondre, c'était tout au plus par quelques traits piquants, mais toujours délicats, toujours gais, et qu'elle savait lancer avec tant de grace, tant de sang froid, qu'on aurait pu douter si elle ne s'amusait pas plus de ses ennemis qu'elle ne s'en offensait. Nous avons pris plaisir à

donner d'abord une idée du caractère
vraiment singulier de madame de Boufflers, parcequ'il était moins connu,
moins bien jugé peut-être que son esprit; il nous reste maintenant à parler
du charme, de la justesse, de la finesse,
de la gaieté, de la soudaineté, disons le
mot, de l'originalité de cet esprit qui
ne ressemblait pas plus aux esprits ordinaires que la lumière à la couleur. Lui
seul peut-être aurait pu faire son portrait; mais c'était celui de tous les esprits
auxquels il avait le moins pris garde. Jamais aucun soin, aucun apprêt, aucune
recherche, n'en ont altéré la forme na-
tive; et qu'en avait-elle besoin? On ne
songe point à dorer l'or. Elle parlait
peu, écrivait peu, lisait beaucoup, non
pour s'instruire, non pour former de
plus en plus son goût; mais elle lisait,
comme elle jouait, pour s'exempter de
parler. Ses lectures s'étaient bornées à
peu de livres, qu'elle relisait souvent

pour les avoir mieux lus. Elle ne rete-
nait pas tout; mais il en résultait néanmoins pour elle, à la longue, une somme
de connaissances d'autant plus intéressantes qu'elles prenaient la forme de ses
idées. Ce qui en transpirait ressemblait,
en quelque sorte, à un livre décousu, si
l'on veut, mais par-tout amusant, et où
il ne manquait que les pages inutiles.

A l'exception des amies les plus intimes de madame de Boufflers, on aurait
pu vivre des siècles avec elle sans se
douter de ce qu'elle savait; car elle ne
s'en doutait pas elle-même; et, toujours
hors de la règle commune, en tout elle
semblait cacher son instruction avec autant de soin que d'autres leur ignorance.
Il n'en était pas ainsi de l'esprit naturel;
elle avait beau le renfermer, il s'échap-
pait; le silence même ne le cachait pas
entièrement, et presque toujours on le
voyait percer dans les mouvements de
son visage, comme une vive lumière à

travers un tissu délicat. Mais, fallait-il absolument parler, il lui était impossible de parler comme une autre ; ses paroles étaient inattendues, promptes, vives, pénétrantes, comme autant d'étincelles électriques dont on est plutôt frappé qu'averti, et qui laissent une longue impression. Sa gaieté était pour son ame un printemps perpétuel, qui l'a garantie toute sa vie de trop d'ardeur comme de trop de froid, et qui n'a cessé de produire des fleurs nouvelles jusqu'à son dernier jour ; mais, quoique cette gaieté fût presque toujours sans malice, et sa malice même sans méchanceté, elle ne laissait pas de se faire beaucoup plus redouter qu'elle ne l'aurait voulu d'une foule de gens qui craignent tout ce qui brille, et qui se défient de tout ce qui plaît. Ces esprits inquiets se représentent la conversation des personnes d'un certain ordre comme des joutes où il ne saurait y avoir d'honneur pour les uns

sans confusion pour les autres. Le véritable esprit n'a pas d'ambition si basse.
Représentons-nous-les plutôt ces conversations comme certaines parties de
jeu de l'impératrice Catherine avec
quelques personnes privilégiées, où les
joueurs se servaient de ducats pour je-
tons, et l'impératrice, de diamants.

Madame de Boufflers a pu même quelquefois faire à ses envieux et à ses critiques une part que sûrement ils n'auraient pas dédaignée ; je veux parler de
cette extrême légèreté, de cette incroya-
ble mobilité de pensées, qui, je crois, ne
lui permettaient pas toujours de s'arrêter
assez long-temps sur le même sujet. La
gaieté, en pareil cas, devrait être une
excuse ; mais auprès de l'envie y a-t-il
des excuses ? Ceux qui ont le mieux
connu madame de Boufflers savaient
que personne jamais n'eut moins besoin
d'attention ni de réflexion ; la première
apparition d'une idée la lui montrait

tout entière. Ennemie née de toute méthode et de toute marche didactique, et
toujours disposée, dans la conversation,
à préférer le moins au plus, elle crai-
gnait sans cesse d'en trop dire ou d'en
trop entendre sur chaque objet, et pas-
sait souvent à autre chose sans que l'attention eût pu la suivre. De là ce peu de
suite, ce peu d'accord qu'on voyait ou
qu'on cherchait à voir entre des pensées
dont le fil trop délié devait échapper à
des yeux ordinaires. Quant à nous, laissons aux pédants (s'il en reste) ces froides observations, et ne reprochons point
à l'oiseau ses ailes.

Son goût la mettait plus en état que
personne d'apprécier les beautés et les
défauts des nouveaux ouvrages; mais sa
modestie ou sa prudence ne lui permet-
tait presque jamais d'avoir un avis. Elle
était persuadée que les femmes ont ordinairement mieux à faire que de juger,
et que toutes leurs prétentions sur ce

17.

point doivent se réduire à un instinct plus ou moins éclairé, mais qui est dispensé de rendre compte de lui-même; au lieu qu'il n'en est pas ainsi du jugement, dont il faut pouvoir dire les raisons. Elle avait toujours présente une maxime tirée des Proverbes de Salomon: *Le silence est l'ornement de la femme.* En effet, une femme qui jugerait sans pouvoir dire pourquoi parlerait en étourdie, et celle qui le dirait ce pourquoi, ou seulement qui le saurait, passerait pour une pédante; raison de plus pour en revenir au proverbe de Salomon.

Le peu qui nous reste de madame de Boufflers, et qui n'était destiné qu'au divertissement de sa société la plus intime, ne lui a jamais coûté une minute de travail. Elle attendait tranquillement que la pensée s'offrît à son esprit, l'expression à la pensée, la rime et la mesure à l'expression; et malgré cette précieuse nonchalance qui laissait, en quel-

que sorte, ses jolis vers se faire eux-
mêmes, comme les boutons de fleurs qui
s'épanouissent par la seule action de la
sève, on en voit qui portent l'empreinte
de la justesse et de la correction ; semblables à certaines productions curieuses
de la nature, où elle semble avoir défié
l'art de mettre dans les siennes plus de
soins et de régularité ; mais, attachée
sur-tout à la concision, toute longueur
(fût-elle nécessaire) lui paraissait une
tache. De toutes les économies possi-
bles, elle pensait que la meilleure est
celle des mots ; aussi la poussait-elle jusqu'à l'avarice. Il sera facile d'en juger
par quelques citations qui termineront
cette notice, et entre autres par une petite chanson où, tout en plaisantant,
comme à son ordinaire, avec M. de Beauvau, elle se peignait elle-même beaucoup
mieux peut-être qu'elle ne pensait.

Air : *Sentir avec ardeur.*

Il faut dire en deux mots
Ce qu'on veut dire ;
Les longs propos
Sont sots.
Il faut savoir lire
Avant que d'écrire,
Et puis dire en deux mots
Ce qu'on veut dire :
Les longs propos
Sont sots.

Il ne faut pas toujours conter,
Citer,
Dater,
Mais écouter.
Il faut éviter l'emploi
Du moi, du moi ;
Voici pourquoi :
Il est tyrannique,
Trop académique ;
L'ennui, l'ennui
Marche avec lui.
Je me conduis toujours ainsi
Ici ;
Aussi
J'ai réussi.
Il faut dire en deux mots
Ce qu'on veut dire ;
Les longs propos
Sont sots.

Je crois pouvoir joindre ici quelques
stances où elle sort tout à-la-fois du genre qu'elle semblait avoir exclusivement
adopté. Il serait difficile, au premier
aperçu, de juger si alors elle éprouvait,
en effet, le sentiment qu'elle exprime,
ou si elle ne faisait que le supposer. Ceux
qui n'auront fait que lire les vers, pen-
cheront pour la première opinion ; ceux
qui auront connu la personne, tiendront
pour la seconde. Quoi qu'il en soit, cette
jolie petite élégie prouvera du moins
que le langage du sentiment n'était pas
plus étranger à madame de Boufflers que
celui de la plaisanterie.

> Aux doux charmes de l'espérance
> Je me livrais bien follement ;
> Vous ne m'aimiez qu'en apparence,
> Je vous aimais réellement.
>
> Ma raison, mon esprit, ma vie,
> Se soumettaient à votre loi ;
> J'étais bien plus que votre amie,
> Tout était vous, rien n'était moi.

Souvenirs d'une ame insensée,
Puisque vous n'êtes qu'une erreur,
Éloignez-vous de ma pensée ;
Vous seriez mon plus grand malheur.

Je ne rappellerai point, à la fin de cette notice, une quantité de chansons et d'épigrammes, qui, a mesure qu'elles paraissaient, ont fait tant de plaisir à beaucoup de personnes de goût, sur-tout à celles qui en ont été les objets. Rien de tout cela n'était destiné à vivre plus d'une heure, et madame de Boufflers ne s'était jamais attendue aux regards de la postérité. Maintenant, à mesure que la date de ces vives saillies s'éloigne, l'à-propos disparaît, et la grace et la justesse avec l'à-propos : prétendre en juger après quarante ou cinquante ans, ce serait examiner des miniatures à quarante ou cinquante pas.

On a essayé quelquefois de calomnier cet ingénieux amusement, et l'on a vu ou voulu y voir de vraies satires ; mais,

pour s'y méprendre, il faudrait (et ce
qui est comme impossible) avoir déja
oublié le mérite, la sagesse, et la consi-
dération de M. de Beauvau, ce frère
adoré, que madame de Boufflers avait,
en quelque sorte, choisi pour son point
de mire, et dont la dignité personnelle
contrastait si agréablement avec l'aimable familiarité de sa sœur ; il s'en amusait plus que personne ; et madame de
Boufflers, en lui lançant trait sur trait,
aimait à penser et à prouver que son
frère était invulnérable.

COMPLIMENT
AU PRINCE HENRI DE PRUSSE
ET A LA PRINCESSE SON ÉPOUSE.

Au mois de février 1789, madame la comtesse de Sabran donna au prince Henri et à madame la duchesse d'Orléans un petit spectacle : il consistait dans PHILOCTÈTE, joué par un enfant de seize ans, et dans LE BOURGEOIS GENTILHOMME, auquel M. de Boufflers ajouta ce qui suit :

ACTE II, SCÈNE VI.

M. JOURDAIN.

Au reste, j'ai quelque chose à vous confier. Il m'est venu en pensée de faire un petit compliment ; pour cela, il faudrait un compliment tout fait.

LE PHILOSOPHE.

Un compliment, et pour qui?

M. JOURDAIN.

Faites-moi d'abord le compliment, et puis je vous dirai la personne à qui je le destine.

LE PHILOSOPHE.

Sont-ce des vers que vous voulez lui faire?

M. JOURDAIN.

Non, point de vers.

LE PHILOSOPHE.

Vous ne voulez que de la prose?

M. JOURDAIN.

Non, je ne veux ni prose ni vers.

LE PHILOSOPHE.

Il faut bien que ce soit l'un ou l'autre.

M. JOURDAIN.

Pourquoi?

LE PHILOSOPHE.

Par la raison, monsieur, qu'il n'y

18

a pour s'exprimer que la prose ou les vers.

M. JOURDAIN.

Il n'y a que la prose ou les vers?

LE PHILOSOPHE.

Non, monsieur. Tout ce qui n'est point prose est vers, et tout ce qui n'est point vers est prose.

M. JOURDAIN.

Et comme l'on parle, qu'est-ce que c'est donc que cela?

LE PHILOSOPHE.

De la prose.

M. JOURDAIN.

Quoi! quand je dis: Nicole, apporte-moi mes pantoufles, c'est de la prose?

LE PHILOSOPHE.

Oui, monsieur.

M. JOURDAIN.

Par ma foi! il y a plus de quarante

ans que je dis de la prose sans que j'en susse rien ; et je vous suis le plus obligé du monde de m'avoir appris cela.

LE PHILOSOPHE.

Dites votre dernier mot : est-ce en vers ou en prose que vous voulez le compliment?

M. JOURDAIN.

Encore une fois, ni en vers, ni en prose.

LE PHILOSOPHE.

En quoi donc?

M. JOURDAIN.

Ah! en quoi donc? En chanson : il me faudrait là....... vous m'entendez bien, une petite chanson nouvelle.

LE PHILOSOPHE.

Ah! vous voulez quelque chose de neuf?

M. JOURDAIN.

Oui, de vraiment neuf, comme u
pont-neuf, par exemple ; c'est pour
un prince.

LE PHILOSOPHE.

Et pour quel prince ? Est-ce pour
un prince en général ?

M. JOURDAIN.

Oui, *en général* ; car autrefois il
s'amusait à gagner des batailles, et tout
le monde en mourait de peur.

LE PHILOSOPHE.

Ah ! c'est pour un prince en général ; ce n'est donc pas pour un prince
en particulier ?

M. JOURDAIN.

Si fait ; car il est chez nous tout
comme un particulier.

LE PHILOSOPHE.

Eh bien ! à quoi donc peut-on le
reconnaître ?

M. JOURDAIN.

Ma foi, à rien, excepté que c'est toujours le plus aimable.

LE PHILOSOPHE.

Et ce prince a sans doute un nom?

M. JOURDAIN.

Pardi vraiment; j'ai même entendu dire qu'il s'en était fait un bien grand, bien grand.

LE PHILOSOPHE.

Mais est-ce qu'avant de s'en faire un, il n'en avait pas?

M. JOURDAIN.

Si fait; il s'appelle Henri, comme celui qui est sur le Pont-Neuf: c'est pour cela aussi que je vous demande un *pont-neuf pour celui-ci.*

LE PHILOSOPHE.

Ah! je comprends à cette heure; un pont-neuf, une chanson.

18.

M. JOURDAIN.

Oui, un pont-neuf, à-peu-près comme celui-ci : *Si le roi m'avait donné*, etc.

LE PHILOSOPHE.

Si ce n'est que cela, j'en ai un dans ma poche, et précisément sur le même air.

M. JOURDAIN.

Voyons.

LE PHILOSOPHE.

Aux deux Henri s'est donné
　　Paris la grand'ville.
D'abord on a pour l'aîné
　　Fait le difficile ;
Mais on dit à celui-ci :
Pourquoi n'avoir pas choisi
Votre domicile ici ,
　　Votre domicile ?

Il va trop tôt nous quitter ;
　　Le sort nous l'envie ;
Paris, qui veut l'arrêter ,
　　Vainement s'écrie :
Demeurez, bon prince Henri ;
Les lieux où l'on est chéri
Sont une patrie aussi ,
　　Sont une patrie.

M. JOURDAIN.

Laissez-moi ça, je m'en servirai tantôt : mais, dites-moi, cela ne serait-il pas bon aussi pour une princesse ?

LE PHILOSOPHE.

Non ; vous verrez par la suite de nos leçons qu'il faut distinguer deux genres ; et, pour me servir d'une comparaison tirée de la poésie, pour laquelle vous montrez de si grands talents, je vous dirai que la cuirasse du dieu Mars blesserait la délicatesse de Vénus ou de Minerve.

M. JOURDAIN.

Qu'est-ce que Mars ?

LE PHILOSOPHE.

Vous en parliez tout-à-l'heure.

M. JOURDAIN.

Et Vénus et Minerve, qu'est-ce que cela ?

LE PHILOSOPHE.

Ce sont des noms poétiques qu'on donne à la beauté et à la vertu.

M. JOURDAIN.

Ce sont donc deux personnes dif-férentes?

LE PHILOSOPHE.

Ordinairement; cependant il n'est pas impossible que cela ne fasse qu'un.

M. JOURDAIN.

Je n'entends pas tout cela. Donnez-moi vite quelque chose à dire à une princesse, afin qu'elle n'aille pas me prendre pour un bourgeois. Il me fau-drait encore une petite chanson, mais sur un air plus doux; car la princesse que je dois voir, a l'air si doux, si doux.

LE PHILOSOPHE.

C'est bien pensé; Aristote lui-même n'aurait pas mieux jugé des convénances. Je crois que j'ai encore quelque chose qui pourra vous convenir.

M. JOURDAIN.

Donnez.

LE PHILOSOPHE.

Vous dont l'aspect est un délice
Pour tous les cœurs, pour tous les yeux,
On voit en vous l'astre propice
Qu'implorent tant de malheureux;
L'astre dont la vertu secrète
Les réchauffait sur les glaçons,
Dont les rayons dans la disette
Font pour eux naître des moissons.

Mais qui vous voit en vain croit lire
Ce qui se passe en votre cœur;
Cette blancheur que l'on admire
N'égale point votre candeur.
La douceur qui règne en votre ame
Voudrait encor des traits plus doux;
Et, quoi qu'on dise enfin, madame,
Votre ame est plus belle que vous.

M. JOCRDAIN.

Oh! cela n'est pas un beau compliment, et, si je le dis à la princesse, j'ai peur qu'elle n'en soit offensée, et qu'elle ne me donne un soufflet

LE PHILOSOPHE.

Allez, monsieur, si cela arrive, je
le prends sur ma joue.

M. JOURDAIN.

A la bonne heure. Je vous remer-
cie, et vous prie de revenir demain.

Quand la Victoire
Adopte un favori,
    S'il f it la Gloire,
Elle court après lui;
    Et voilà l'histoire
De notre prince Henri.

    Guerrier terrible
Dans le fort du combat,
    Quoiqu'invincible,
Souvent le cœur lui bat;
    Car ce cœur sensible
Souffre pour le soldat.

    Henri préfère
La paix à tant de bruit.
    Loin de la guerre,
Sa bonté, son esprit,
    Rassurent la terre
De la peur qu'il lui fit.

POÉSIES

DE

BOUFFLERS.

POÉSIES

DE

BOUFFLERS.

A M. LE COMTE DE CHOISEUL,

Qui avait réprimandé l'Auteur, au nom des dames
lorraines, pour avoir dit du mal des femmes dans
une pièce de vers.

Je le connais trop bien ce dangereux amour;
Dès mes plus jeunes ans il reçut mon hommage,
Il n'est, le plus souvent, que l'ouvrage d'un jour;
Mais un jour ne peut pas détruire son ouvrage.
J'ai goûté ses douceurs, et j'ai senti ses coups;
Je sais qu'il se nourrit de plaisirs et de larmes:
    Vous ne connaissez que ses charmes;
    Ah! je le connais mieux que vous.
    Las des mépris, des inconstances,
    Dont furent payés tous mes soins,
    Je cherchai d'autres jouissances,
Moins pures, il est vrai, mais qui me coûtaient moins.
J'eus recours, je l'avoue, à ces Beautés faciles
Qui veulent de l'argent et non pas des soupirs;
Elles ont essuyé, courtisanes habiles,
Les larmes de l'Amour par la main des Plaisirs.

19

A l'amant qui leur plaît, ces Belles,
Pour ne les violer, ne font pas de serments :
Que de femmes, hélas! devraient faire comme elles,
Pour ne point tromper leurs amants!
Voilà les vingt Beautés que j'ai si fort trahies,
Et qui me l'ont si bien rendu ;
Voilà les Iris, les Sylvies,
Au nom de qui, Choiseul, vous m'avez répondu.
Soyez leur chevalier ; elles doivent vous rendre
Bien des faveurs pour ce bienfait ;
Mais elles trouveront que vous auriez mieux fait
De les bien attaquer que de les mal défendre.

A M. LE DUC DE CHOISEUL,

Premier Marguillier d'honneur de sa paroisse, sous le
nom de son Curé.

Toi, que je n'ose encore inviter à confesse,
      Et que pourtant dans quatre mois
      Je dois attendre à ma grand'messe,
Choiseul, de ton curé daigne écouter la voix;
      Et reçois les vœux qu'il t'adresse.
      Quoique tu sois grand *ouvrier*,
Puissé-je ne te voir que rarement *à l'œuvre!*
      De Laverdy le sage devancier,
      Dont l'écu porte une couleuvre,
Et qui fut, comme toi, grand homme et marguillier,
Ce Colbert qu'aujourd'hui le peuple canonise,
      Et qu'autrefois il osa déchirer,
      Fit peu d'ordure en mon église
      Avant de s'y faire enterrer.
      Je sais fort bien que tes confrères
      De Saint-Eustache et de la cour
Aimeraient mieux qu'ici tu fisses ton séjour;
Je sais que maint dévot offre au ciel ses prières
      Pour ton salut, qui ne t'occupe guères.
Ton vieux curé consent à ne te voir jamais,
      Et, s'il forme quelques souhaits,
      C'est que tu restes à Versailles,
      Où par toi le Dieu des batailles

Serve long-temps le Dieu de paix.
Amen, ainsi soit-il. Si pourtant chaque année,
    Choiseul, tu pouvais une fois
    Quitter le plus cheri des rois,
    Qui t'a fait son ame damnée ;
    Viens te montrer en ces saints lieux,
    Viens un peu changer d'eau bénite ;
    Mais sur-tout retourne bien vite
    Exorciser tes envieux.

SUR LE DUC DE CHOISEUL,

A SON RETOUR A PARIS.

1775

Air d'un noël tres connu.

Ici que tout soit réjoui !
Voici la fin de notre ennui.
Quelqu'un nous revient aujourd'hui,
Qui nous rendra gais comme lui.

Lorsque jadis on l'exila ,
Chez lui toute la France alla.
Il fallut qu'on le rappelât
Pour que Paris se repeuplât.

Sait-on s'il se reposera ,
Ou bien s'il recommencera ?
Mais bien fin qui s'en passera ,
Ou plus fin qui s'en servira.

VERS

AU NOM DE LA MARÉCHALE DE MIREPOIX,

Qui envoyait de ses cheveux blancs au duc de Nivernois.

Les voilà ces cheveux depuis long-temps blanchis :
D'une longue union qu'ils soient pour nous le gage.
Je ne m'afflige point sur les pertes de l'âge ;
    Il m'a laissé de vrais amis.
On m'aime presque autant, j'ose aimer davantage.
L'amitié, fruit du goût, de l'estime, et du temps,
    Mûrit encor dans l'hiver de nos ans.
On ne s'y méprend plus, on cède à son empire :
    Et l'on joint, sous les cheveux blancs,
Au charme de s'aimer le droit de se le dire.

RÉPONSE DU DUC DE NIVERNOIS.

Quoi ! vous parlez de cheveux blancs !
Laissons, laissous courir le Temps.
Que vous importe son ravage ?
Les Amours sont toujours enfauts,
Et les Graces sont de tout âge.
Pour moi, Thémire, je le sens,
Je suis toujours dans mon printemps
Quand je vous offre mon hommage.
Si je n'avais que dix-huit ans,
Je pourrais aimer plus long-temps,
Mais non pas aimer davantage.

MON AVE MARIA.

A MADAME LA MARÉCHALE DE LUXEMBOURG,

qui m'avait donné un chapelet pour mes étrennes.

Air : De tous les capucins du monde.

JE vous salue, ô mon amie !
De graces vous êtes remplie.
Le Dieu du goût est avec vous.
Nos discours ne sont que louange
Pour vous et votre enfant si doux (1).
Adieu, j'ai parlé comme un ange.

QUATRAIN.

ON passe par différents goûts
En passant par différents âges.
Plaisir est le bonheur des fous ;
Bonheur est le plaisir des sages.

(1) Madame la duchesse DE LAUZUN, depuis duchesse
DE BIRON.

COUPLETS

Faits chez le prince HENRI, le jour de l'anniversaire de la
bataille de Friedberg.

GUERRIERS, qui dans un grand renom
Voulez chercher un nouvel être,
Tâch z de suivre Henri-le-Bon ;
Vous n'aurez pas un plus grand maître.
Par la clémence et les bienfaits
Réparez les torts de la gloire ;
Que toujours l'hymne de la paix
Se joigne à vos chants de victoire.

Il vous dira qu'un conquérant,
Jugé par tous tant que nous sommes,
Ne saurait être le plus grand
S'il n'est pas le meilleur des hommes.
Par la clémence et les bienfaits
Réparez les torts de la gloire ;
Que toujours, etc.

Dans les triomphes les plus beaux,
Ainsi qu'au plus fort de l'orage,
Montrez, comme lui, le heros
Sous les dehors calmes du sage.
Par la clémence et les bienfaits
Réparez les torts de la gloire ;
Que toujours, etc.

N'allez pas mettre au premier rang
Le trop funeste éclat des armes :
Lorsqu'Henri répandit du sang,
Songez qu'il y mêla ses larmes (1).
Par la clémence et les bienfaits
Réparez les torts de la gloire ;
Que toujours, etc.

Vainqueurs, joignez, ainsi que lui,
A l'art de battre l'art de plaire.
Qui bat, soumet son ennemi ;
Qui plaît, soumet toute la terre.
Par la clémence et les bienfaits
Réparez les torts de la gloire ;
Que toujours l'hymne de la paix
Se joigne à vos chants de victoire.

---

(1) Après une victoire, on félicitait le prince Henri ; *Mes amis,* dit-il, *n'y a-t-il pas demain la visite de l'hôpital ?*

LE SOUVENIR.

ROMANCE.

Cesse de m'abuser, fugitive espérance !
Tu n'es pour les humains qu'un fantôme imposteur ;
Les tourments prolongés accroissent ta puissance ;
Tu leur dois les autels et ton nom séducteur.

Vainement on contemple une rive fleurie,
Où l'on n'arrive point, malgré tous ses efforts ;
J'aime mieux remonter le fleuve de la vie,
Que d'en suivre le cours sans atteindre ses bords.

Plaisirs évanouis, par vous mon âme émue
Se recueille, et frémit toujours de volupté :
Tels ces feux étoilés, en tombant de la nue,
Laissent encore au ciel une longue clarté.

Souvenir caressant, frère du plaisir même,
Il n'a point ta durée et ta douce langueur,
Le plaisir est la fleur qui passe et que l'on aime ;
Le souvenir en est l'inaltérable odeur.

~~~~~~

IMPROMPTU

A M. LE VICOMTE DE SÉGUR,

Qui venait de lire chez madame de Sabran un poëme
intitulé l'*Art de plaire.*

1789.

DANS ces traits où la grace à la ruse s'allie
Qui ne reconnaîtrait un amant de Julie ?
En vers, comme en amour, je plains tous ses rivaux :
    Il a parlé de l'art de plaire
Aussi bien que Sabran parlerait de tableaux,
Ou comme Henri lui-même a parlé de la guerre.

ÉPITRE DE BONNARD

AU CHEVALIER DE BOUFFLERS.

TES voyages et tes bons mots,
Tes jolis vers et tes chevaux
Sont cités par toute la France ;
On sait par cœur ces riens charmants
Que tu produis avec aisance.
Tes pastels frais et ressemblants
Peuvent se passer d'indulgence.
Les beaux esprits de notre temps,
Quoique s'aimant avec outrance,
Troqueraient volontiers, je pense,
Et leurs drames et leurs romans
Pour ton heureuse négligence
Et la moitié de tes talents.
Mais, pardonne-moi ma franchise :
Ni tes tableaux, ni tes écrits,
N'équivalent, à mon avis,
Au tour que tu fis à l'Église.
Nos guerriers, la ville, et la cour,
Admirant ta metamorphose,
Battirent des mains tour-à-tour.
La Gloire sourit, et l'Amour
Crut seul y perdre quelque chose.

On a tant célébré Grammont,
Son esprit, sa gaîté, ses graces :

20

Il revit en toi; tu remplaces
Le héros de Saint-Évremond.
Les Ris le suivirent sans cesse,
Et sur son arrière-saison
Semèrent des fleurs à foison,
Comme aujourd'hui sur ta jeunesse.
En vain le Temps de son poison
Voudrait amortir ta saillie,
Tu donnerais à la Raison
Tous les grelots de la Folie.
Jouis bien d'un destin si beau :
Sûr de plaire, et toujours nouveau,
Brille dans nos camps, à Cythère ;
Chante les plaisirs et Voltaire ;
Lis Végèce, Ovide, et Folard,
Et vois les lauriers du Parnasse
Unis aux palmes de la Thrace,
Couvrir ton bonnet de housard.
Garde ton goût pour les voyages ;
Tous les pays en sont jaloux ;
Et le plus aimable des fous
Sera par-tout chéri des sages.
Sois plus amoureux que jamais,
Peins en courant toutes les belles,
Et sois payé de tes portraits
Entre les bras de tes modèles.

ÉPITRE DE DELILLE

A M. DE BOUFFLERS.

Honneur des chevaliers, la fleur des troubadours,
Ornement du beau monde et délice des cours,
Tu veux donc, dans le sein de ton champêtre asile,
   Vivre oublié! La chose est difficile,
Pour toi que le bon goût recherchera toujours.
   En vain, dans un réduit agreste,
Le campagnard mondain, le poète modeste,
L'aimable paresseux, veut être enseveli;
   Toujours pour toi coulera le Permesse,
   Et jamais le fleuve d'Oubli.

   Ces vers pleins de délicatesse,
Où ta muse présente au lecteur enchanté
La grace et la raison, l'esprit et la bonté,
   La bonhomie et la finesse,
   L'élégance avec la justesse,
   La profondeur et la légèreté,
      Souvent, avec un art extrême,
Prête au bon sens l'accent de la gaîté,
   Et se calomnie elle-même
   Par un air de frivolité;
   Ces titres heureux de ta gloire
   Seront toujours présents à la mémoire.
Digne à-la-fois des palais et des champs,

Ton Aline toujours aura ces traits touchants
 Qu'elle reçut de ta muse facile.
  Lorsque ton pinceau séducteur,
  Toujours brillant, toujours fertile,
Gai comme ton esprit, et pur comme ton cœur,
  Entre le dais et la coudrette,
  Entre le sceptre et la houlette,
  Nous peint cet objet enchanteur,
 Moitié princesse et moitié bergerette,
Malgré toi tout Paris répétera tes chants ;
Et toujours tu joindras, dans ton aimable style,
  A la simplicité des champs
  Toutes les graces de la ville.

Puis, quand il serait vrai que tes modestes vœux
Puissent s'accommoder de ces rustiques lieux,
 Pourrais-tu bien, au fond d'une campagne,
  Enterrer l'aimable compagne
A qui de tes beaux jours nous devons les douceurs ?
  Si tu n'avais de ton doux hyménée
  Reçu pour dot qu'un immense trésor,
  Je te dirais : Va dans la solitude
  Cacher tes jours et ta femme et ton or,
Et d'un triste richard l'avare inquiétude.
Mais l'esprit, la beauté, sont faits pour le grand jour ;
La ville est leur empire, et le monde leur cour.
  Le sage Créateur du monde
  Ensevelit les métaux corrupteurs
   Au sein d'une mine profonde :
  Il cache l'or, et nous montre les fleurs.

Si toutefois, dans ton humeur austère,
    Las du monde et de ses travers,
    Tu veux dans le fond des déserts
    Cacher ton loisir solitaire, .
Avec tes goûts nouveaux permets-nous de traiter;
    Prenons un temps : pour nous quitter,
    Attends que tu cesses de plaire,
    Et tes vers de nous enchanter.
Alors, puisqu'il le faut, sois agricole, range
    Tes fruits nouveaux dans tes celliers,
    Tes blés battus dans tes greniers,
    Tes blés en gerbe dans ta grange,
    Dans tes caveaux tes choux rouges ou verts
    Mais que m'importe ta vendange,
A moi qui m'enivrai du nectar de tes vers,
    Et quelquefois de ta louange ?

Plus d'un contrefacteur du vin le plus parfait,
Des pressoirs de Pomard et des cuves du Rhône,
Des crûs de Jurançon, de Tavelle, et de Beaune,
    Sait assez bien imiter le fumet;
Même d'un faux Aï la mousse mensongère,
    En petillant dans la fougère,
    Trompe souvent plus d'un gourmet;
    Mais tes écrits ont un bouquet
    Que nul art ne peut contrefaire.

POÉSIES

DE

L'ABBÉ PORQUET.

~~~~~~

STANCES

A UN MINISTRE,

Sur les espérances qu'il a la bonté de me donner depuis
si long-temps.

Espérer pour moi n'est plus rien,
Espérer n'est plus de mon âge;
Le présent seul est mon partage,
Et l'avenir n'est plus mon bien.

Abandonnons à la jeunesse
Ces trompeurs et lointains objets;
Au bonheur de jouir sans cesse
Elle ajoute par ses projets.

Ses vœux aujourd'hui satisfaits,
Quelque jour peuvent l'être encore;
A ses yeux charmés chaque aurore
Fait briller de nouveaux bienfaits.

Hélas! de ces douces chimères
La raison m'a trop su guérir ;
Aux erreurs, même les plus chères,
Mon cœur flétri n'ose s'ouvrir.

Je borne mes tristes pensées
A de tristes réalités ;
Les illusions sont passées ;
J'en suis réduit aux vérités.

Vers mon tombeau le Temps me chasse ;
Sa faux est prête à me frapper ;
Près de moi tout change ou s'efface ;
La nature va m'échapper.

Sur l'ombre, qui fuit et s'envole,
Puis-je compter dorénavant ?
Vous me tiendrez, dit-on, parole ;
Mais sera-ce de mon vivant ?

A M. DE VAUX,

LECTEUR DU ROI DE POLOGNE.

Tous les malheurs des gens heureux,
J'en conviens, assiègent ta vie;
Cependant souffre qu'on t'envie,
Et plains-toi, puisque tu le veux.
Le Ciel te prodigua tous les défauts qu'on aime;
Tu n'as que les vertus qu'on pardonne aisément :
Ta gaîté, tes bons mots, tes ridicules même,
    Nous charment presque également.
Bel esprit à la cour, et commère à la ville,
Qui, comme toi, d'un air agréable et facile,
Sait occuper autrui de son oisivité,
Minauder, discuter, composer vers ou prose,
Et, nécessaire enfin par sa frivolité,
    Par des riens valoir quelque chose?
Supprime donc des pleurs qu'on essuie en riant;
D'un homme tout entier ose montrer l'étoffe :
    A tout l'esprit d'un philosophe
    Ne joins plus le cœur d'un enfant.

SUR CHAQUE GENRE D'ESPRIT.

N'AVOIR que son esprit, et porter son visage,
Est pour beaucoup de gens une bien dure loi.
Qu'y faire cependant? il faut bien être soi.
O vous, qui d'être vous n'avez pas le courage,
  Écoutez la leçon d'un sage,
Que sur l'esprit un jour j'ouai faire parler.
Un sage est indulgent, et cherche à consoler.

De l'esprit entre nous le partage est bizarre;
Un sot, tout-à-fait sot, est l'être le plus rare.
Dans un espace étroit tout homme est circonscrit;
  Chacun a son genre d'esprit;
Aucun ne les a tous; nul ne ressemble à l'autre.
En un mot, tel objet pour tel homme est proscrit:
La sagesse consiste à se borner au nôtre.

A MADAME

LA COMTESSE DE BOUFFLERS.

« D'ÉGLÉ sur tous les cœurs si l'empire s'étend,
　　Dit un jour la reine de Gnide,
　　C'est de moi seule qu'il dépend ;
　　Qu'on la regarde, et qu'on decide. »
« C'est, répliqua Minerve, un effet de mes soins ;
　　Qu'on l'écoute, et puis qu'on prononce. »
　　Du débat les Graces témoins
Aux deux divinités firent cette réponse :
« Déesses, terminez des discours superflus ;
« Égle vous doit beaucoup, mais nous doit encor plus,
« Tout ce qu'en sa faveur votre amour n'a pu faire,
　　« A vos bienfaits nous l'avons ajouté :
« Vous donnez, il est vrai, l'esprit et la beauté;
« Mais c'est par nous que vos dons savent plaire. »

~~~~~~

SUR L'AMOUR-PROPRE.

De son esprit, dit-on, l'homme pense trop bien :
C'est le commun avis : pour moi, je n'en crois rien.
    Notre esprit a sa conscience.
  De sa faiblesse on ne fait point l'aveu ;
  Mais on la sent, on est juste en silence.
Sur ce point délicat, bien qu'on en souffre un peu,
Les plus sévères yeux sont peut-être les nôtres.
On ne se trompe point, on veut tromper les autres.
Surprendre leur estime est un larcin permis ;
Et nos dupes toujours sont nos meilleurs amis.

~~~~~~

SUR LES FAUTES

Qui échappent aux gens qui ont le plus d'esprit, soit en
parlant, soit en écrivant.

Par la difficulté notre esprit se réveille :
Dans une route aisée un voyageur sommeille.
Cet oubli du danger en tout genre est fatal ,
L'attention alors nous paraît inutile.
    Souvent ce qu'on dit le plus mal,
    À dire était le plus facile.

VERS A L'ABBÉ PORQUET,

EN SORTANT DE DINER CHEZ LUI,

Par La Harpe, sous le nom de la comtesse de Boufflers.

LE dîner, dans la vie, est chose intéressante :
Cher abbé, le vôtre m'enchante.
Vous savez embellir et donner un repas,
Vous faites de bons vers, et servez de bons plats.
L'un, il faut l'avouer, est plus rare que l'autre;
Et tous les deux chez vous se trouvent aujourd'hui.
Par-tout vous aurez place à la table d'autrui;
Moi, j'en demande une à la vôtre.

RÉPONSE DE L'ABBÉ PORQUET

A MADAME LA COMTESSE DE BOUFFLERS.

UN succès, jeune Églé, ne répond point d'un *autre*;
Défiez-vous de l'a t qui vous sert *aujourd'hui* :
Vous plairez une fois avec l'esprit *d'autrui*,
Et tous les jours avec le *vôtre*.

21

INSCRIPTION

Mise au bas du mausolée de Stanislas, roi de Pologne.

Il n'est point de vertus que son nom ne rappelle :
Philosophe et guerrier, monarque et citoyen,
Son génie étendit l'art de faire du bien ;
Charles fut son ami, Trajan fut son modèle.

VERS

Pour mettre à la tête d'une collection de romans.

M'amuser, n'importe comment,
Fait toute ma philosophie :
Je crois ne perdre aucun moment,
Hors le moment où je m'ennuie ;
Et je tiens ma tâche finie,
Pourvu qu'ainsi tout doucement
Je me défasse de la vie.

A MADAME

LA MARQUISE DE BOUFFLERS,

LE JOUR DE SA FÊTE.

Votre patrone au ciel a trouvé son bonheur ;
  Ici-bas vous faites le nôtre ;
Son partage est sans prix, le vôtre a sa douceur :
Qui n'a pas son destin, doit envier le vôtre.
Ah! bienfaisante Eglé, répondez à nos vœux.
  Vous n'êtes point ambitieuse ;
Contentez-vous du bien, en attendant le mieux.
  Un peu plus tard vous serez bienheureuse,
Mais plus long-temps aussi vous ferez des heureux.

ADIEUX

DE L'AUTEUR A SA PERRUQUE,

Qu'on lui empruntait pour jouer un proverbe.

Respectable perruque, ornement de mon chef,
Puisses-tu dans mes mains revenir saine et sauve!
N'est-ce donc pas assez d'être Porquet le bref,
  Sans être encor Porquet le chauve ?

RÉPONSE

A une personne qui demandait ce que c'était que des longueurs dans un ouvrage ?

Est trop cou t qui me plaît, est trop long qui m'ennuie.
Sur l'inutile seul le bon goût se récrie,
Et le sentiment même a sa précision.
La richesse de l'art naît de l'économie.
Dans un tableau bien fait tout est expression.
    Cette science est peu commune ;
    C'est le secret des bons auteurs.
L'ouvrage le plus court peut avoir des longueurs,
    Le plus long, n'en avoir aucune.

A M. LE PRINCE DE **,

ARGUMENT SANS RÉPLIQUE.

De bonne foi long-temps on ne dispute guère ;
Et de même tous deux nous pensons en effet.
Non, prince, dan le style, une faute légère
    Ne peut passer pour un forfait ;
Et le premier mérite est d'instruire ou de plaire.
    Mais, sans vouloir qu'on soit parfait,
    Faire aussi bien que l'on peut faire,
    Est, à mon gré, toujours bien fait.

DESCRIPTION

DU JEU DE PHARAON.

Où suis-je ? Quel mystère est ici célébré ?
Sur un autel brillant où le sort adoré
Des joueurs à ses pieds voit la foule inquiète,
Des volontés du dieu redoutable interprète,
Est un livré sacré d'où dépend leur destin.
Ses feuillets, à chacun distribués soudain,
Selon le double sens d'un autre qu'on déploie,
Vont semer tour-à-tour la tristesse et la joie.
Le ministre déja donne à tous le signal.
Déja sa main parcourt le volume fatal ;
Son bras faible et tremblant à chaque page hésite ;
Le cœur des assistants autant de fois palpite.
Tels, devant Rhadamante, effrayés et muets,
Les mânes en respect attendent leurs arrêts.
C'en est fait, le sort parle : à sa voix l'assemblée
Tressaille d'alégresse, ou d'horreur est troublée ;
De cris tumultueux aussitôt l'air gémit ;
Le temple en est ému, le dieu même en frémit.

21.

RÉPONSE

A MADAME DE BOUFFLERS,

A des réflexions trop justes sur les dégoûts et les chagrins
de la vie.

APPRÉCIEZ bien moins la vie,
Si vous voulez en mieux jouir ;
Avec trop de philosophie,
On parviendrait à la haïr.
Ou désirs ou regrets, voilà notre partage ;
Mais sous ce triste aspect pourquoi l'envisager ?
Vivre, dit-on, c'est voyager.
Dans les distractions achevons le voyage ;
Le sommeil vient sans y songer.

A LA MARQUISE DU DEFFAND,

Sur une espèce de fauteuil qu'elle appelle son *tonneau*.

ADOPTANT sans regret la sagesse moderne,
Dépouillant son orgueil et son sale manteau,
Diogène, aujourd'hui, ne prendrait sa lanterne
Que pour chercher votre tonneau.

VERS

En terminant une très longue lettre à une dame qui aime
les ouvrages courts.

Aux lois de votre goût on en revient sans cesse.
　　Bien écrire ne suffit pas ;
Il faut écrire peu . tout dire est maladresse.
　　L'abondance , dans un repas ,
　　Vaut-elle la délicatesse ?
A vos conseils, aux miens, si je manque un moment,
C'est bien moins une erreur qu'une ruse innocente.
Je che che à mon ennui quelque adoucissement :
Tant que je vous écris, vous n'êtes point absente.

A MADAME LA MARQUISE DE L.....

En réponse à un billet où elle faisait un reproche obligeant
à l'auteur.

Ma faute me vaut donc un billet d'Émilie ?
A ses ordres charmants je souscris sans effort.
D'avoir toujours raison j'abjure la folie ;
Car je ne suis heureux que pour avoir eu tort.

~~~~~~

MON ÉPITAPHE,

A la fin d'une espèce de dissertation.

D'UN écrivain soigneux il eut tous les scrupules ;
Il approfondit l'art des points et des virgules ;
Il pesa, calcula tout le fin du métier,
Et sur le laconisme il fit un tome entier. !

FIN.

TABLE

DES OEUVRES POSTHUMES

DE BOUFFLERS.

FIN DE LA TABLE.